KB059869

장흥 문학길

예술기행
옛길, 새길
01

장흥 문학길

문학가의 글 이청준 한승원 송기숙
이승우 위선환 김영남 이대흠

예술가의 작품과 작가노트
김선두 정정엽 안정주 이인 김지원 황재형
홍이현숙 박문종 박건 방정아 윤광준 김범석
서용 주호석 장현주 박수만 안국주 유영호

사□계절

초월과 자유를 만나는
옛길 예술여행

지금은 잊힌 아름다운 옛길을 찾아서 예술가들과 함께 걷습니다. 살갗으로 느껴지는 기쁨의 감촉들이 거미줄에 맺힌 이슬방울처럼 관계망 속에 살아 있습니다. 넓게는 사회적, 역사적, 우주적인 관계망이고 좁게는 참가자들 사이의 그것입니다.

예술가들은 그 망이 미세하게 진동하는 걸 누구보다도 예민하게 감지합니다. 그것은 미풍처럼 살갗을 통해 전해져, 참가자들 피부도 민감성이 배가됩니다. 제의적 축제에 참여한 듯 스트레스로 찌든 인생을 새롭게 재충전하게 됩니다. 옛길은 새길로 거듭납니다.

옛길을 걸으며 느낀 것을 그 지역의 문화공간에서 날것으로 표현합니다. 야단법석이 일어난 듯 미술, 음악, 춤, 문학 등 여러 장르의 예술이 전통과 현대를 아우르며 충동적으로 자유롭게 섞입니다.

여기서 예술은 무당처럼 시간을 초월해 삶을 무한하게 확장합니다. 내가 밟은 옛길의 촉감이 은하수에서 만나고, 소설가 이청준의 아이 적 발바닥과 만나고, 이름 모를 소금장수의 짚신과도 만납니다.

모든 것은 현재입니다. 초월은 현재를 떠나기 위해서가 아니라 현재를 무한대화하기 위해 존재합니다. 소통과 교감의 능력이 향상돼야만 가능합니다. 기하학적인 세 개의 축을 그려봅니다. 가로축, 세로축, 상하축이 만나는 도형입니다. 각각은 사회, 역사, 우주적 관계를 가리킵니다. 이 세 개의 축이 만나

는 지점에서 교감과 소통을 이루는 것, 그게 초월입니다. (복
합문화공간 에무의 로고는 이것을 상징합니다.)

인생의 한때는 중요합니다. 기억이 불연속적이고 무작위
하기 때문입니다. 평생 작용하는 어떤 기억이 있습니다. 우리
는 멋진 기억들로 이루어진 징검다리를 통해 선악의 피안이
나 도에 이를 수 있습니다. 이것이 자유입니다.

옛길에서 초월과 자유를 만나면 새길이 됩니다. 옛길 예술여행의 목적입
니다. 전국에 숨어 있는 옛길을 찾아 걷는 사이 '기쁨의 네트워크'가 형성됩
니다. 그 속에서 개인의 고립과 외로움, 소외를 벗어나 삶의 주인이 됩니다.
관계망이 회복되면서 실질적인 힐링을 경험합니다.

이 프로젝트를 통해 그 외 다양한 결과물도 기대할 수 있습니다. 지역성을
살리며, 가치의 획일성을 뚫고서 다양성을 획득하고, 통합성을 회복합니다.
특히, 이는 세대 간을 비롯한 여러 차원의 문화 격차가 사라지는 대동의 축
제입니다.

복합문화공간 에무는 전시와 공연을 통해 이 축제를 다시 재현할 것입니
다. 축제는 작게 시작하나 끝은 장대하리라 믿습니다.

2016년 7월
복합문화공간 에무
기획위원 김선두, 홍이현숙, 정정엽, 유영호, 김영철
관장 김영종

| 감사의 말 |

'옛길, 새길' 첫 회를 장흥에서 개최하게 되어 뜻깊게 생각합니다. 장흥은 예부터 걸출한 문인들이 많이 배출된 고장입니다. 우리 문학의 1번지라 해도 좋을 곳입니다. 장흥의 옛길, 새길은 당연히 문학길이 아닐 수 없습니다.

이름하여 '장흥 문학길'을 위해 다년간 노력해온 장흥군에서 이번 프로젝트를 주최하기로 하였습니다. 김성 군수를 비롯해 김성계 문화관광과장, 김영윤 문화예술계장, 조성삼 주무관께 심심한 사의를 표합니다. 또한 주관을 맡은 장흥문화원의 이금호 원장, 위종만 사무국장께도 같은 마음임을 전합니다.

이번 프로젝트의 주역인 문인, 미술가, 사진가, 뮤지션 분들, 그리고 출판을 맡아준 사계절출판사 강맑실 대표, 편집자 이창연, 촉박한 시간 내 책으로 엮어준 프리랜서 편집자 최화명, 프리랜서 디자이너 박현정, 전체 홍보 디자인을 책임진 AGI 김영철 대표, 영상작업을 한 오건영 감독, 짜임새 있는 진행을 해온 복합문화공간 에무의 김수련 큐레이터, 정수현 전임 큐레이터, 오상은 어시스트에게 감사드립니다.

특히, 세부 문학지도를 그려 책의 품위를 높이고 귀중한 작품(300호)까지 장흥군에 기증하여 프로젝트의 원활한 진행을 이끈, 이 고장 출신 김선두 작가에게 깊은 고마움을 전합니다.

복합문화공간 에무

새길은 옛길의 기억을 가지고 있다

이승우

1.

사람을 형성하는 것은 무엇인가. 개인은 무엇으로 이루어지는가. 그 사람은 어떻게 그 사람이 되는가. 예컨대 지금의 나를 만든 것은 무엇인가.

이 질문이 겨냥하고 있는 것은 나의 외부다. 내가 나를 만든 것이 아니라는 생각은 겸손도 아니고 비굴도 아니다. 내가 존재하기 시작했을 때 외부가 이미 있었고, 나는 그 외부에 덧붙여졌으며, 그것에 의해 키워졌고, 그리하여 그것의 일부가 되었다는 사실 인식에 다름 아니다. 외부는 시간적으로 과거고, 과거는 공간적으로 외부에 속한다. 지금의 내가 관여할 수 없다는 점에서 외부와 과거는 같다. (나중에) 덧붙여진 것은 덧붙여지기 전에 (이미) 있던 것들에 대해 권리가 없다.

미당은 외부의 8할을 바람이라고 규정했다. 종이었던 애비와 파뿌리같이 늙은 할머니와 풋살구가 먹고 싶다 했던 어매와 숱 많은 머리털의 외할아버지를 불러낸 다음 "나를 키운 건 8할이 바람이다"(「자화상」)라고 하는 이 시인의 고백에서 당신은 무엇을 읽는가. 바람은 종잡을 수 없는 것. 어디서 오는지 어떻게 오는지 왜 오는지 알 수 없는 것. 그러면서도 나를 간섭하는 것. 통제도 저항도 할 수 없는 것. 나를 만지고 흔들고 데려가고 내 속으로 들어와서 춤추게 하는 것. 내 속에 들어와 나의 일부가 되고 나도 그 일부가 되게 하는 바람 앞에 애비와 할머니와 어매와 외할아버지가 왜 호명되었을까. 나는 묻는다. 그를 키운 8할의 외부는 핏줄로 얽힌 사람들, 통제도 저항도 할수 없는 인연들이란 말인가. 내가 있기 전에 이미 있었고 내 의지를 묻지 않고 내 속으로 들어와 나를 그것의 일부로 만든, 그러니까 크고 견고한 외부. 나는 그 이름을 알고 있다. 오래전에 나는 내 소설의 한 부분에 이렇게 썼다. "고향이란 산천(山川)이 아니라 사람들이다. 사람들이 만들어낸 관계이다. 인연이다. 그 때문에 고향으로부터 벗어나기가 쉽지 않은 것이다."(『생의 이면』)

2.

사람들이 거기 있다. 거기 있는 사람들이 그곳을 떠나게 하고 또 그곳으로 돌아오게 한다. 그곳으로 가지 못하게 하고 그곳으로 가게 한다. 가지 않는 사람은 거기 있는 (산천이 아니라) 사람들 때문에 가지 않고, 가는 사람은 거기 있는 (산천이 아니라) 사람들 때문에 간다. 거기 있는 사람들은 늘 거기 있다. 거기에 없어도 거기에 있다. 시간이 지나고 지상에서 사라진 다음에도 여전히 거기에 있다. 왜냐하면 그들이 산천이기 때문이다. 고향의 산천이 그들로 이루어져 있기 때문이다. 그들이 없으면 고향의 산천은 그저 풍경에 지나지 않는 것이 되고 만다. 고향은 풍경이 아니니 고향을 고향으로 만들기 위해 그들은 거기 있어야 한다. 그들은 떠날 수 없다. 떠나도 떠날 수 없다. 불멸은 누군가의 욕망이 아니라 현상이다. 욕망이라면, 그들의 욕망이 아니라 고향 밖에 있는 이들의 욕망이다. 고향 밖에 있는 사람들의 기억 속에서 그들은 불멸한다. 고향 밖에 있는 사람들은 그들 없이 고향을 떠올리지 못하기 때문에 그들을 불멸하게 한다.

고향 밖에 있는 사람들은 고향으로 가거나 가지 않을 수 있다. 그러나 그들을 통하지 않고 고향으로 가거나 가지 않을 수 있는 길은 없다. 그러니까 사람들이 길이다. 이 길을 걷거나 걷지 않거나, 둘 중 하나다. 가는 사람은 이 길을 걷고, 가지 않는 사람은 이 길을 걷지 않는다. 다른 길은 없다. '나를 통하지 않고는 아버지께로 갈 자가 없다'라고 복음서의 예수가 말할 때 그 뜻은 그가 곧 유일한 길이라는 것이었다. 고향으로 가는 길 역시 그렇게 완고하다.

사람을 통하지 않고 고향으로 갈 수 있는 자는 없다. 그래서 어떤 이는 더디 가고, 어떤 이는 아예 가지 못한다. 고향의 강과 산에, 길과 하늘에 사람들이 스며 있기 때문이다. 고향의 강과 산, 길과 하늘이 사람들로 이루어져 있기 때문이다. 사람들이 고향의 강과 산, 길과 하늘에 가득하기 때문이다. 고향에 가서 강과 산 앞에 마주 선 사람들이 보는 것은 물과 나무가 아니라 사람들이다. 기억들이다. 고향의 강과 산, 길과 하늘은 여느 강이나 산, 여느 하늘이나 길 같지 않다. 풍경일 수 없기 때문이다.

장흥의 시인 위선환은 "장흥읍에 가서" 본다. "사람들은 하나씩 강을 기르고 있었다."(「탐진강 13」)

3.

장흥 바닷가에 가서 나는 본다. 멀리서 밀려온 파도가 쓰다듬고 어루만지던 바닷가 집 돌담은 시멘트가 발라진 방파제로 바뀌었다. 마당을 벗어나면 바로 밟히던 모래밭은 사라지고 자동차가 다니는 길이 되었다. 방파제가 생기기 전에는 집을 나서면 바로 모래밭이었으므로 따로 길이 없었다. 집은 바다와 닿아 있었고, 곱고 보드라운 모래밭이 곧 길이었다. 만조 때면 신발을 벗고 바지를 걷고 걸어야 했던 그 유일한 길—모래밭을 메운 땅에 자동차를 세우고 바다를 본다.

바다는 그때처럼 푸르고 파도는 변함없이 찰싹거리지만, 바뀐 해안선을 핥는 파도의 감정이 그때와 같다고 말할 수 없다. 새길은 옛길 위에 놓였다. 옛길을 덮고 가리고 대신하기 위해 새로 닦인 길은 그러나 옛길을 지우지 못한다. 나는 옛길 위에 놓인 새길 위에 서서 지워지지 않은 옛길을 본다. 새길은 옛길의 기억을 가지고 있다. 그것이 마땅하다. 기억이야말로 자기동일성의, 아마 유일한 근거다. 기억(만)이 존재의 동일성을 담보한다. 기억은 흩어진 시간을 이어 내가 나인 것을 증거하고, 아직 오지 않은 시간을 불러 그대가 그대인 것을 선언한다. 기억은 과거에 일어난 에피소드들의 모음이 아니라 개별 존재들의 DNA다. 그러니까 새길이 옛길의 기억을 가지고 있는 것은 불가피하다.

길들 위에 찍힌 발자국들이 길이다. 발자국들이 모여 된 것이 길이다. 발자국의 주인들이 달리고 사랑하고 싸우고 울부짖고 환호하며 만든 것이 길이다. 저 길들이 간직하고 있는 것은, 그러니까 사랑하고 싸우고 울부짖고 환호하는 사람들이다.

그러나 새길이 가지고 있는 옛길의 기억을 누구나 인식하는 것은 아니다. 길들이 풍경으로만 보이는 사람에게 이 기억은 불필요하다. 보이지 않는다. 보기 위해 굳이 기억을 이식해야 하는 것도 아니다.

귀 있는 자가 듣는 것처럼 눈 있는 자가 본다. 오랜만에 고향을 방문한 소설가는 새길에서 옛길을 본다. 새길의 내부에 들어 있는 DNA를 본다. 눈을 가진 자의 눈에는 여전히 돌담을 쓰다듬고 어루만지는 물결이 보이고, 발바닥을 간질이는 까끌까끌한 모래들이 보이고, 그리고 물 빠진 바다의 개펄과 수천 년 동안 파도에 깎여 다듬어진 바위 조각들이 보인다. 거기 어디에 서거나 앉아서 막막한 바다를 하염없이 바라보고 있는 소년이 보인다. 책보를 허리에 두르고 터덜터덜 걷는 소년이 보인다. 갓 잡은 생선을 다라에 담아 이고 재를 넘는 여인들이 보인다. 그 길들 위에 뿌려진 갈망과 한숨과 노래와 열기가 보인다.

시멘트와 아스팔트와 콘크리트가 덮고 눌러도 사라지지 않는 것이 있다. 사라질 수 없는 것이 있다. 불멸은 누군가의 욕망이 아니라 현상이기 때문이다.

장흥의 소설가 한승원은 고향 바다에 대해 쓰고 또 쓴다. 쓰고 또 써도 고갈되지 않는 무궁무진한 이야기의 자원이 거기 있다고 그는 말한다. 그의 선택이 자유가 아니라 운명이라고 말하는 듯하다. 풍경이라면 그렇지 않을 것이다. 풍경은 운명이 될 수 없으니까. 그러나 기억이므로, 말하자면 불멸이므로, 근원, 말하자면 우주의 자궁이므로 나갔다가 돌아오고 다시 돌아오고 끊임없이 돌아오지 않을 수 없게 되는 것이다. 세상을 향해 뻗은 길들을 타고 어디든 갈 수 있지만, 결국 그 모든 길이 품고 있는 기억을 따라 옛길에 이르지 않을 수 없을 것이다.

| 차례 |

이청준

이청준은 1939년 전남 장흥에서 태어나 서울대학교 독어독문학과를 졸업했다. 1965년 단편 「퇴원」으로 『사상계』 신인문학상 공모에 당선되어 문단에 등단했으며 1966~1972년 월간 『사상계』, 『아세아』, 『지성』 편집부 기자로 일했다. 1999년에는 순천대학교 문예창작학과 석좌교수를 지냈다. 작품으로는 『병신과 머저리』, 『매잡이』, 『소문의 벽』, 『떠도는 말들』, 『이어도』, 『낮은 목소리로』, 『자서전들 쓰십시다』, 『서편제』, 『잔인한 도시』, 『살아 있는 늪』, 『시간의 문』, 『별을 보여 드립니다』, 『당신들의 천국』, 『예언자』, 『남도 사람』, 『춤추는 사제』, 『낮은 데로 임하소서』 등과 산문집 『작가의 작은 손』, 『사라진 밀실을 찾아서』, 『야윈 젖가슴』 등이 있다. 동인문학상, 한국일보 창작문학상, 이상문학상, 대한민국문학상, 이산문학상, 대산문학상 등을 수상했고, 2007년 한국예술에 기여한 공로로 호암상을 받았다. 2008년 세상을 떠났으며, 사후 금관문화훈장이 추서되었다.

소설가 이청준 문학지도

2018

대덕

외둠 (지향연습)

(눈길)

회진

(침몰선)

진목

(나무에서 잠자기)
(삽거연)
(신화의 시대)

천년학 세트

이청준 생가

선학동 (선학동 나그네)

탱자성

(흐니옥)

갯나들 (축제)
(서편제)
(해변 아리랑)

성금

바다 (여름의 추장)
(시간의 문)

이청준의 소설길은
흰색이다

이대흠

이청준의 소설은 흰색이다. 오래전 골목길에서 만난 흰 배꽃이고, 우리 선조
들의 옷 색깔을 닮은 흰 철쭉꽃이다. 그의 소설에 자주 등장하는 큰 산, 현실
공간에서는 천관산이라고 불리는 큰 산의 흰 억새꽃이다.

아들과 함께 걸어갔다가, 차 시간을 어기지 않는 야속한 첫차에 아들을 태
워 보내고, 혼자서 터벅거리며 집이 있는 마을로 돌아오는 어머니가 걸었던
하얀 눈길이다. 아들이 디뎠던 발자국을 다시 디디며, 행여 아들의 온기라도
남아 있을지 모른다고 기대했던 어머니의 언 발이 묻힌 눈길이다. 살던 집이
이미 남의 집이 되어버려 돌아갈 곳이 없었던 그 어머니가 산마루에서 눈물
흘리며 바라보았을 희고 눈부신 아침 햇살이다.

그런 백색은 『흰옷』과 『축제』에서도 두드러지게 나타난다. 『축제』의 장례
식에 나오는 삼베옷도 백색에 가깝고, 장편 『흰옷』은 아예 제목부터 '흰옷'으
로 붙였다. 흰색은 소박하고, 수수하고, 꾸밈이 없다. 조선백자가 흰색이었던
것은 선비들의 청빈을 상징한다. 값비싼 염료를 쓰지 않기 위해 선택한 것이
흰색이다. 흰색은 청빈과 절제, 최소한의 욕망을 뜻한다. 흰색은 단정하고,
고졸하다. 흰색은 깨끗하고, 검소하고, 타자를 배려하며, 탐욕이 없다.

다시 말하면 염결성(廉潔性)이 핵심이다. 그래서 다른 색의 침범에 저항력
이 약하다. 나약하고, 무방비하다. 쉽게 때가 묻기에 자주 빨지 않으면 유독
더러워 보인다. 지식인의 모습과 같다.

절제, 지움, 버림, 놓음, 이런 단어가 잘 어울린다. 물 위에 쓴 글씨고, 는개나 이슬비를 끌고 오는 흰 구름이다. 강하게 말하지 않고, 다른 색을 침범하지 않는다. 물들이지 않고, 오히려 물든다. 하지만 모든 바탕에는 흰색이 있고, 모든 빛이 모이면 흰색이 된다.

이청준의 소설은 그런 흰색이다. 아무것도 없었던 흰색이 아니라, 모든 것이 모인 흰색이다. 따라서 이청준 소설의 흰색은 물감이 아니라 빛에 가깝다. 색을 지닌 모든 빛이 모여 이룬 흰색. 온갖 것을 다 담았으므로 텅 비었다는 역설이 어울린다. 그런 흰색을 종이에 비유하면 수많은 문자를 썼던 갱지다. 빡빡하게 글씨를 채웠으나, 지우개로 다 지우고 난 백지다.

그래서 이청준의 소설은 다 읽고 난 후에도 독서가 끝나지 않는다. 여전히 여백으로 남아 있는 종이에 무언가를 끼적거려야 한다. 이청준 소설은 작가가 비워놓은 자리를 독자가 채울 때 비로소 완성된다.

서술자의 시선을 온전히 따라간다 해도 소설이 다 읽히지 않는다. 소설 속의 주인공은 한 사람이지만, 그의 시선은 고정되어 있지 않다. 그는 자신을 끊임없이 회의하고 부정한다. 소설을 읽다 보면 소설 속 인물들은 얼굴이 자주 바뀐다. 아주 다른 사람이 되지는 않지만, 분명히 다르다. 마치 한 얼굴을 밀치고 다른 얼굴이 드러나는 변검(變臉) 같다.

이청준의 소설 속으로 가는 길은 여러 갈래로 난 자드락길이다. 그 길 끝에는 분명 마을이 있고 집이 있다. 목적지는 분명하지만, 목적지만을 향한 길이 아니다. 길은 휘어지고, 때로는 다다라야 할 집을 감춘다.

그의 대표작인 「눈길」의 배경지도 그런 자드락길이다. 직선거리로는 얼마 되지 않지만, '눈길'은 오르막 내리막이 많다. 조금 걷다 보면 휘어진 산모롱이다. 오른쪽 옆구리로 바다가 치고 들어오다가도 금방 청솔 우거진 솔숲 벽이 닥친다.

거기에 한 나그네가 혼자서 걷고 있다. 나그네는 혼자 걷고 있지만, 심하게

이청준 ————

————

————

————

————

외로워하지는 않는다. 그는 자기 안에 너무 많은 사람을 담고 있기에, 혼자지만 홀로 걷고 있는 게 아니다. 사내는 무어라 무어라 낮게 말하고, 쉬었다가 걷기를 반복한다. 하지만 동어반복은 하나도 없다. 그의 목소리 톤은 변화가 거의 없지만, 입담은 구수하다. 강요하지 않지만, 듣지 않을 수 없는 말이다. 나직한 목소리지만, 울림이 크다. 천둥소리보다 더 크고 오래 울리는 속삭임이라 해야겠다.

이청준 작품 속
옛길을 찾아서

이청준

선학동 가는 길

　　　　　　　　　　한동안 물깃을 따라 돌던 해변길이 이윽고 산길로 변하였다. 선학동으로 넘어가는 돌고개 산길이 시작되고 있었다. 왼쪽으로 파란 회진포의 물길을 내려다보며 산길은 소나무 숲 무성한 산굽이를 한참이나 구불구불 돌아나가고 있었다.

　솨— 솨—.

　솔바람소리가 제법 시원스럽게 어우러져 들었으나 갈 길이 조급한 사내의 이마에선 땀방울이 송골송골 돋아났다.

　붕—.

　왼쪽 눈 아래로 때마침 포구를 빠져나가는 완도행 여객선의 바쁜 뱃길이 그림처럼 내려다보였다. 사내는 그 여객선의 긴 뱃고동소리에조차 공연히 마음이 쫓기는 심사였다. 그는 그 여객선과 시합이라도 벌이듯 허겁지겁 산길을 돌아들었다.

　하지만 여객선의 속력과 사내의 걸음걸이는 처음부터 상대가 될 수 없었다. 배는 순식간에 포구를 빠져나가 넓은 남해 바다를 향해 까맣게 섬기슭을 돌아서고 있었다.

　사내도 이젠 거의 마지막 산굽이를 돌아들고 있었다. 선학동 쪽으로 길을 넘어설 돌고개 모롱이가 눈앞에 있었다.

22

사내는 새삼 표정이 긴장되기 시작했다. 산길이 제법 높아 그런지 저녁 해는 회진 쪽에서보다 아직 한 뼘 길이나 더 남아 있었다. 이제 마지막 산모롱이를 하나 올라서고 나면, 거기서 다시 오른쪽으로 길게 뻗어 들어간 선학동 포구의 긴 물길이 눈앞을 시원히 막아설 것이었다. 거기서 그는 보게 될 것이다. 장삼 자락을 길게 벌려 선학동을 싸안은 도승 형국의 관음봉과 만조에 실려 완연히 모습 지어 오를 그 신비스런 선학의 자태를.

진목리 산길

그날따라 형수의 밤 귀갓길이 유난히 늦었다. 그러다 보니 노인의 어둠 속 길마중도 여느 때의 산모퉁이께를 훨씬 지나고 있었다. 하지만 노인은 피곤한 몸을 이끌고 어두운 밤길을 혼자 터벅터벅 고적하게 돌아오고 있을 며느리를 생각해 여전히 한 걸음 한 걸음 앞으로 나아가고 있었다. 그런데 어느 순간 저만큼 까마득한 어둠 속에서 보이지 않는 노인을 향해 "엄니, 지금 어디 계시오?" 짐짓 무서움기를 떨치려는 형수의 부름 소리가 들려왔다. 이어 "오냐. 나 여기 있다! 인제 맘 놓고 천천히 오거라." 노인의 반가운 응답이 이어지고, 잠시 후 두 사람은 어둠 속에서 서로 만났다. 그런데 그렇게 지쳐 돌아오는 며느리의 갯것 광주리를 빼앗듯이 받아 인 노인이 앞장을 서고 마지못해 머릿짐을 넘겨준 며느리가 뒤에 선 채 남은 밤길을 돌아오던 참이었다.

"엄니……."

가쁜 숨을 고르느라 한동안 말없이 어둠 속을 뒤따르던 며느리가 다시 노인을 불렀다. 그리고 잠시 뒤 뒷말이 이어졌다.

"엄니, 이젠 더 나이도 묵지 말고 늙지도 마시오 이?"

_「꽃 지고 강물 흘러」 중에서

23

한재산 고갯길

　　　　　　　　하지만 해맑은 남녘 햇빛 속의 이튿날 육로 답사길은 그 첫날 뱃길의 아쉬움을 말끔히 씻어주고도 남았다. (……)이 날 아침 일찍 그녀와 동행으로 그 고개를 오르게 된 것이다.

　한데 고개엘 오르고 보니 과연 장관이었다. 한재 고개 위에선 우선 북쪽으로 이 고을 출신 작가들의 수많은 작품 무대가 되어왔고 근자엔 앞에 말한 전국 문인들의 문학비림이 조성되어 있는 천관산이 바로 눈앞에 건너다보이고, 동쪽과 남쪽으론 짙푸른 봄바다 자락 위로 한승원 형의 고향 마을 정경과 이승우, 김선두 형이 태어난 마을, 그리고 지금 막 푸른 물결 위를 날아오르려는 바닷새 자태의 선학동 모습들이 차례로 펼쳐져 나갔다. 그런 풍광 속에 아직 누른 풀빛을 띠고 있는 한재 고개 초원에는 과연 수천 포기, 수만 송이를 헤아리는 자줏빛 할미꽃 군락이 산 중턱 전체를 뒤덮고 있었다. 그 아름답고 진기한 풍경 앞에 우리는 한동안 넋을 잃을 지경이었는데, 그때의 느낌을 뭐라고 해야 할지.

_「시인, 화가와 고향 봄길을 가다」 중에서

이청준

김선두

유천재 가는 길

———— 김선두

어느 봄날. 아들은 학교를 파하고 오랜만에 서울에서 내려온 아버지가 궁금하여 유천재로 갔다. 유천재 가는 길에는 봄이 가득했다. 살랑거리는 바람에 보리들은 훌쩍 자란 목을 옅은 춤사위로 흔들고, 장다리꽃 사이로 나비들이 하얀 꽃으로 피고 지며 한가롭게 흩날렸다.

아버지는 봄이 깊어지면 가끔 고향에 내려와 유천재 마루에서 당신의 그림을 풀어놓곤 하였다. 당시 아버지는 심신이 지치고 아팠다. 붓 하나로 생계를 책임지다 폐렴성 늑막염으로 죽음의 문턱까지 갔다가 가까스로 돌아왔다.

아버지는 말이 없었다. 아들을 흘끔 쳐다봤을 뿐 아무 말이 없었다. 아버지의 침묵은 그림에 집중해서일 수도 있지만, 조용히 당신의 고통스러운 처지를 견디기 위해서였는지도 모른다. 아들은 아버지가 야속하기도 하고 무섭기도 하였다. 마루 한 켠에 걸터앉아 그림을 그리는 모습을 어깨너머로 구경하였다.

아버지와 아들 사이엔 아지랑이 가득한 들판을 건너온 구슬픈 먼 산 산비둘기 노래와 꽃 만발한 동백나무 사이를 돌아다니는 벌들의 붕붕거리는 날갯짓만 가득했다. 그것은 어설픈 낯섦이었고 말할 수 없는 먹먹함이었다. 더

꽃 지고 강물 흘러 장지에 분채, 90×74cm, 2016

하여 아버지의 막막한 심사와 아들의 철없는 호기심의 만남이었다. 그날 이
후 아버지는 아들에게 큰 산이 되었고 아들은 아버지가 낸 그림 길을 따라
흘러갔다.

●
●
●

　　　　　　　　　　노인은 여전히 옛얘기를 하듯 하는 그
차분하고 아득한 음성으로 그날의 기억을 더듬어나갔다.
　"한참 그러고 서 있다 보니 찬바람에 정신이 좀 되돌아오더구나. 정신이
들어보니 갈 길이 새삼 허망스럽지 않았겠냐. 지금까진 그래도 저하고 나하

26

김선두

장춘 화선지에 붓펜, 32×22cm, 2016

고 둘이서 함께 헤쳐온 길인데 이참에는 그 길을 늙은것 혼자서 되돌아서려
니…… 거기다 아직도 날은 어둡지야…… 그대로는 암만해도 길을 되돌아설
수가 없어 차부를 찾아 들어갔더니라. 한 식경을 차부 안 나무걸상에 웅크리
고 앉아 있으려니 그제사 동녘 하늘이 훤해져 오더구나…… 그래서 또 혼자
서두를 것도 없는 길을 서둘러 나섰는데, 그때 일만은 언제까지도 잊힐 수가
없을 것 같구나."

　"길을 혼자 돌아가시던 그때 일을 말씀이세요?"

　"눈길을 혼자 돌아가다 보니 그 길엔 아직도 우리 둘 말고는 아무도 지나
간 사람이 없지 않았겠냐. 눈발이 그친 그 신작로 눈 위에 저하고 나하고 둘
이 걸어온 발자국만 나란히 이어져 있구나."

　"그래서 어머님은 그 발자국 때문에 아들 생각이 더 간절하셨겠네요."

　"간절하다 뿐이었겠냐. 신작로를 지나고 산길을 들어서도 굽이굽이 돌아온

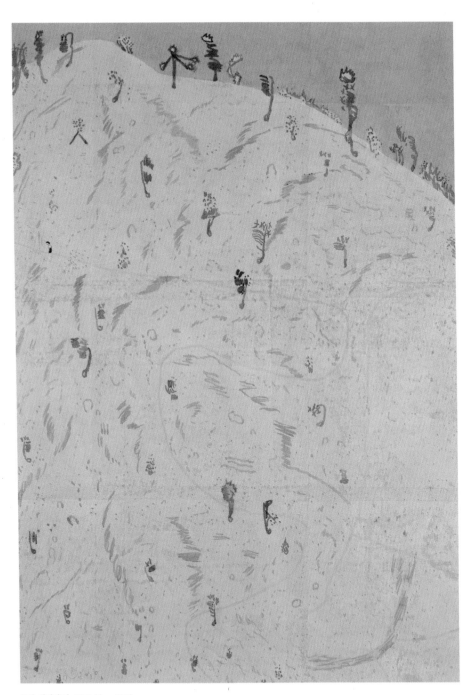

눈길 장지에 먹, 98×144cm, 2016

그 몹쓸 발자국들에 아직도 도란도란 저 아그 목소리나 따뜻한 온기가 남아 있는 듯만 싶었제. 산비둘기만 푸르르 날아올라도 저 아그 넋이 새가 되어 다시 되돌아오는 듯 놀라지고, 나무들이 눈을 쓰고 서 있는 것만 보아도 뒤에서 금세 저 아그 모습이 뛰어나올 것만 싶었지야. 하다 보니 나는 굽이굽이 외지기만 한 그 산길을 저 아그 발자국만 따라 밟고 왔더니라. 내 자석아. 내 자석아. 나하고 둘이 온 길을 이제는 이 몹쓸 늙은것 혼자서 너를 보내고 돌아가고 있구나!"

"어머님 그때 우시지 않았어요?"

"울기만 했겄냐. 오목오목 디더논 그 아그 발자국마다 한도 없는 눈물을 뿌리며 돌아왔제. 내 자석아, 내 자석아, 부디 몸이나 성히 지내거라. 부디부디 너라도 좋은 운 타서 복 받고 살거라…… 눈앞이 가리도록 눈물을 떨구면서 눈물로 저 아그 앞길만 빌고 왔제……."

노인의 이야기가 거진 끝이 나가고 있는 것 같았다. 아내는 이제 할 말을 잊은 듯 입을 조용히 다물고 있었다.

_「눈길」 중에서

김선두

정정엽

쓸쓸하지 않은 풍경은 모두 가짜다

모든 어둠과   이청준

혼자 남겨진 길을 걸어

문학으로 갔는지 모르겠다

이청준은 고향을 자주 찾았다

'순수한 공포감 같은 것을 되찾게 된다'고 했다

시골 야밤의 광대무변한 정적과 침묵

그 공포감에 까닭이 없기 때문이라고 한다

그의 고향, 장흥

저 산에 진달래 속살이 보인다

여기저기 밭에는 강인한 파 한 줄기가 고개를 든다

콩 한쪽의 빛깔도 흙과 인간의 노동이 만든다

갑자기 흥건해진 사람들의 말소리와 새소리 때문에 고향을 찾는 것이 아니다

그 끝에 혼자 걸어오는 침묵과 어둠 속에서

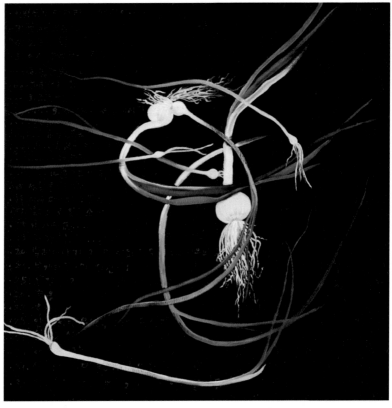

전집목록 캔버스에 유채, 60.3×60.6cm, 2016

웅크린 나를 처음으로 다독였던 어린 시절을 생각했으리라

비로소 달의 존재감

초승달 한 조각에도 저절로 몸이 맡겨진다

쓸쓸하지 않은 풍경은 모두 가짜다

압도적인 자연 속에

온몸을 움직여 살아가는

그 막막함을 아는 일이다

시는 한꺼번에 주―욱 읽는 게 아니다

천천히 읽어 내려간다

한 줄에 문득 멈추기도 하고

한없이 스며들어 문득 벼랑이다

한 줄에 시름시름

한 쾌에 비수

한 끗의 쾌락

품 안에 바다 하나

●

●

●

이청준 ───────

　　　　　　　　　　파도가 반짝이는 바다를 돛배들이 느릿
느릿 한가롭게 지나갔다. 어머니의 밭일은 그 돛배들이 몇 척씩 바다를 가로
질러 반대편 산기슭 뒤로 모습을 숨겨가곤 하여도 좀처럼 끝이 나지 않았다.
어머니에겐 그 일곱 마지기 밭이랑이 또 하나의 바다였다. 어머니는 그 여름
농사가 어우러진 밭이랑 사이를 한 척의 작은 돛배이듯 무한정 가물가물 떠
돌고만 있었다. 모습이 아득히 멀어져 가는가 싶으면, 어느새 서서히 이쪽으
로 다가들고, 이제는 그만 허리를 펴고 밭이랑을 나오려나 싶으면 어느 틈에
다시 모습이 조그맣게 멀어져 가버리고…….

　모습만이 그렇게 떠도는 게 아니었다.

_「해변의 육자배기」 중에서

　　　　　　　　　　유년의 땅에 와서는 많은 잃어버린 것들
을 되찾는다. 잃어버린 것 가운데서도 순수한 공포감 같은 것을 되찾게 된다.

　(……)

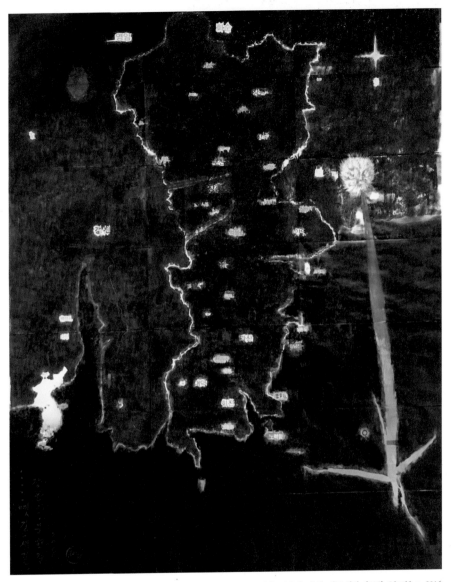

스케치—장흥지도유람 지도 위에 아크릴, 56×66cm, 2016

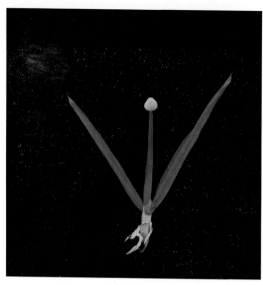

날개의 집 캔버스에 유채, 60.6×60.6cm, 2016

이 청 준

까닭없는 공포감. 까닭이 없으니 공포감은 순수하다. 그러니 내가 이 유년의 땅에서 순수란 공포감을 되찾아가는 것은 내 잃어버린 옛날의 순수 자체를 되찾아가고 있는 것 한 가지인지 모른다.

_「삶으로 맺고 소리로 풀고」중에서

그렇게 한동안 나무 위에서 지내다 보니 세민은 그 팽나무를 오른 것이 그것이 처음이 아닌데도 이날따라 이상하게 눈 아래 풍경들이 낯설고 아득하게 느껴졌다. 밑에서와는 달리 마을 골목길도 조그맣고 지나가는 사람들의 몸짓이나 말소리들까지도 조그맣고 아득하게만 들려왔다. 아래서 볼 때와는 완연히 다른 세상이 거기 있었다. ……그러면서 서서히 깨닫기 시작했다. 다름 아니라 그동안 아버지가 그에게 그토록 바라온 소망의 정체가 비로소 어느 정도 확연하게 떠오르기 시작한 것이다.

_「날개의 집」중에서

안정주

조율

안정주

작품이 가지는 힘은 작품 그 자체로서 논의되기도 하지만 그간의 경험에 비추어보면 많은 경우 작품이 놓인 장소나 시간에 따라 그 힘이 약화되거나 강화되기도 했다. 지난 6개월간 한국을 떠나 해외에 체류하면서 작가로서의 나와 내 작품에 대해 아무런 정보도 없는 그들에게 그것들을 설명해내야만 하는 도전을 받았다. 주로 한국의 정치 상황을 은유하거나 사회 현실을 변주했

조율 종이에 잉크젯 프린트, 42×29.7cm, 2016

35

조율 싱글채널 비디오, 6분 30초, 2016

던 내 작품들은 변화된 장소에서 맥락을 잃어버린 듯했다. 새롭게 언어를 배우고 그 언어를 통해 작품을 설명해내는 변환의 과정은 단순히 언어를 습득하는 것을 넘어 새로운 문화의 맥락 안에서 태도를 학습하는 일에 가까웠다.

언어와 문화를 경계로 작품을 새롭게 의미화하면서 도시와 도시 사이, 작품과 작품 사이의 미세한 간격들을 조율해내는 과정을 작품으로 제작해보고 싶었다. 창작 행위를 잠시 벗어나 언어와 논리로서 작품을 다듬고 수정하는 시간은 일면 조율의 방과 거기 모여 작품을, 창작의 세계를 논하던 비평가와 작가들을 떠오르게 했다.

장흥을 다녀오던 날 앞바다에서 나는 미세한 소음에 이끌렸다.

간이 선착장이 지표에 헐겁게 매어진 탓에 작은 바람에도 쉬이 춤을 추었다. 물결의 출렁임을 따라 끼익끼익 구슬픈 울음을 울었다. 바람의 세기와 파도의 움직임은 선착장을 뒤틀어 소리의 변화를 빚어냈다.

여러 방향에서 그것들을 촬영하면서 낮은 파와 높은 솔 그리고 신경질적인 미와 온화한 레가 만들어내는 표정을 기록하고 있었다. 하나의 절대적인 음을 만들어내기 위한 수많은 시도와 같이 음들은 서로 조율하며 선착장의 단조로운 풍경을, 장흥의 음색을 그 나름 인상적이며 다채로운 것으로 만들어내고 있었다.

조율 싱글채널 비디오, 6분 30초, 2016

한승원

한승원은 1939년 전남 장흥에서 태어나 서라벌예술대학교 문예창작과를 졸업했다. 1968년 단편 「목선」이 『대한일보』 신춘문예에 당선되어 문단에 등단했고 1997년 고향 장흥으로 돌아와 율산마을에서 바다를 시원(始原)으로 한 작품들을 꾸준히 써오고 있다. 작품으로는 『불의 딸』, 『아제아제 바라아제』, 『갯비나리』, 『내 고향 남쪽 바다』, 『새터말 사람들』, 『동학제』, 『시인의 잠』, 『해산 가는 길』, 『목선』, 『해변의 길손』, 『멍텅구리배』, 『초의』, 『추사』, 『다산』, 『원효』, 『보리 닷되』, 『항항포포』, 『겨울잠, 봄꿈』 등과 산문집 『허무의 바다에 외로운 등불 하나』, 『키 작은 인간의 마을에서』, 『이 세상을 다녀가는 것 가운데 바람 아닌 것이 있으랴』, 『강은 이야기하며 흐른다』 등이 있다. 현대문학상, 한국문학작가상, 이상문학상, 대한민국문학상, 한국소설문학상, 한국해양문학상, 한국불교문학상, 김동리문학상 등을 수상했다.

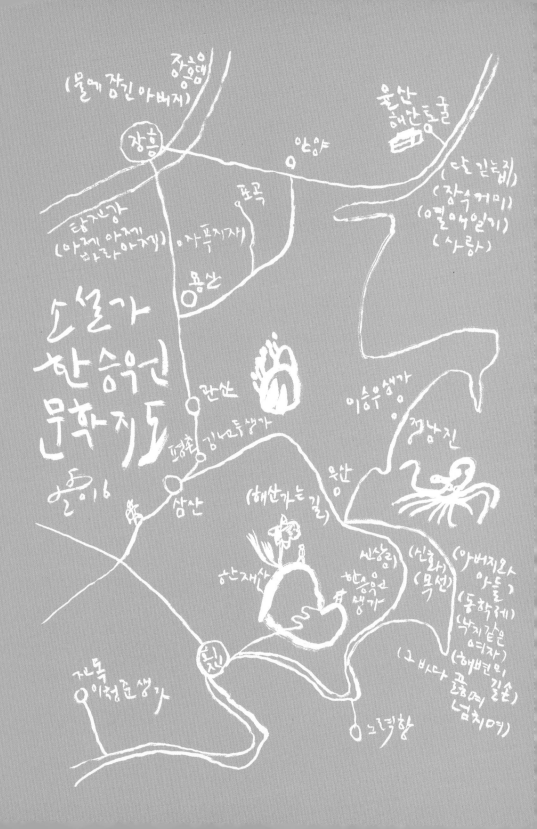

한승원의 소설길은 붉은색이다

이대흠

한승원의 소설길은 붉은색이다. 끓어오르고 타오르다 뿌리 깊은 사유에서 건져 올린 문장이 극점의 붉은 꽃송이를 향해 달려간다. 마침내 정점에 이르러 한 송이 꽃을 피우고, 그 꽃이 이울기 전에 다른 꽃송이를 토해낸다. 생명력 왕성한 식물이 수없이 많은 꽃을 피워낸 후에도 거기서 그치지 않고, 다른 꽃봉오리 몇 개를 또 달고 있는 것 같다. 그 식물의 물관은 명상의 길이고, 체관은 독서에서 얻은 지식이 들어오는 길이다. 그 식물의 뿌리는 튼튼하고 줄기도 실하다. 이미 만발했으나, 지치지 않는다.

붉은색은 여름의 색이다. 남쪽이고, 태양이고, 주작이다. 여름은 열림이다. 그것은 나를 여는 것임과 동시에 열매를 맺는 여름이다. 여름은 뜨겁고, 나를 벗는 개방성이다. 나를 열어야 네가 들어올 수 있고, 서로의 드나듦이 열매를 맺게 한다. 그것은 모든 생명체의 본능이고, 생명체는 그것으로 인해 생명력을 유지한다. 음과 양의 드나듦, 끊임없는 여닫음이 우주의 생명력이고 순환원리며 한승원 소설의 자궁이다. 따라서 그의 이름을 딴 '한승원 문학 산책로'가 여다지(바다를 여닫는다는 뜻) 바닷가에 자리한 것은 우연이 아니다.

열어서 생명을 잉태하고 닫아서 그 생명을 키우는 건 바다의 속성이다. 바다의 아들인 그는 그러한 습성을 그대로 배웠다. 그는 50여 년 전 등단하였을 때부터 최근까지 작품활동을 쉰 적이 없다. 고희를 넘긴 지가 한참인데 지금도 1년에 몇 권의 책을 집필한다. 젊은이들도 따라올 자가 없을 정도다. 올해 들어서도 『이별 연습하는 시간』이라는 시집을 냈으며, 앞으로 나올 장편 『달개비꽃 엄마』를 비롯하여 몇 권의 원고가 출판사에 넘어가 있는 상태다. 한승원의 문장은 쉼 없이 타오르는 모닥불이다. 심지어는 바다마저도 끓게 한다. 따라서 그의 문장은 '그 바다 끓여 넘치며' 끓고 있는 거대한 용광로다.

붉은색의 문장들. 그 문장은 쇳물처럼 뜨겁게 흘러 순식간에 굳는다. 붉은 쇳물의 문장이 있다면 그것은 한승원의 것이다. 그의 책상 앞에는 '광기'라는 단어가 적혀 있다. '미쳐야 미친다'는 말이 한승원만큼 잘 어울리는 사람이 있을까. 미쳐서 글을 쓰고 끝내 닿아야 할 지점에 닿게 되는 것. 그것은 글을 쓰는 그 자신뿐만이 아니라 독자에게도 동시에 요구된다. 그가 발표한 작품의 편수를 정확히 아는 이는 한 사람도 없을 것 같다. 자신이 몇 편의 장편을 썼는지, 몇 편의 연작과 몇 편의 중·단편을 발표하였는지 그 역시 모를 듯하다. 사실 그에게는 이전에 몇 편의 글을 썼다는 게 별 의미가 없다. 더 중요한 것은 지금 쓰고 있고, 앞으로 발표되거나 단행본으로 나올 책이다. 그것이 한승원다운 모습이고, 그게 한승원 문학의 길이다.

천천히 한 편 한 편의 작품을 떠올려본다. 맨 처음의 자리에는 아무래도 「목선」을 놓아야 할 것 같다. 그의 소설은 그의 고향 바다가 주 무대다. 「가증스런 바다」, 「목선」, 「폐촌」부터 「낙지같은 여자」, 『갯비나리』, 「해변의 길손」, 『그 바다 끓며 넘치며』, 「내 고향 남쪽 바다」, 「까치 노을」 등을 지나 「잠수 거미」, 「물보라」 등에 이르기까지 모두 득량만이라 일컬어지는 그 바다를 배경으로 하고 있다.

그러나 대다수 작품이 바다를 배경으로 하고 있지만, 그의 작품에서는 물의 이미지와 동시에 불의 이미지가 강렬하다. 아니 오히려 그의 바다는 불의 바다다. 펄펄 용암이 끓어오르는 해산(작가 한승원의 호)인 것이다. 물과 불의 길항관계 속에서 원초적인 생명력으로 가득한 '한'의 세계가 펼쳐지고, 잇따라 '불'을 뼈대로 한 작품 「불배」, 「불곰」, 「神딸」, 「불의 아들」, 「불의 門」 등이 태어난다. 이쯤 되면 그의 작품을 읽는다는 것은 불의 문장을 읽는다는 의미가 된다.

따라서 그의 바다는 생존을 위해 목숨을 걸고 싸워야 하는 바다고, 그 치열한 삶의 현장에서 강인한 목숨의 불길을 지피는 자들의 바다다. 바닷물 속에서 펄펄 끓는 용암이 새로운 섬을 만들고, 나아가 거대한 대륙을 이루듯이 그의 해산은 지금도 끓고 있다. "살아 있는 한 글을 쓸 것이고, 글을 쓰는 한 살아 있을 것이다"라는 말을 늘 입에 달고 다니는 한승원 소설가.

그의 소설길에는 남도의 산하가 그대로 문장이 되고 몸이 되었다. 논이 있고, 밭이 있고, 강이 있고, 바다가 있고, 거기에 사람이 있다. 그는 호기심 많은 소년이 되어 대상을 바라보고, 생각하고, 거기에서 자기만의 길을 만들어낸다. 자신의 몸에서 자신의 길을 만들어내는 거미처럼 그는 독서를 하고, 사유하고, 제 것으로 만든 것을 자기만의 길로 토해낸다. 그것은 꿈틀거리는 용이 토하는 불덩어리 같다.

내 소설의 9할은
고향 바닷가 마을 이야기

한승원

장흥읍 터미널에서
탐진댐까지의 길

검정색 택시를 타고 유치를 향해 달렸
다. 김칠남은 택시기사에게 대기료를 주기로 하고 전세를 냈다. 해는 서산마
루 쪽으로 약간 기울고 있었고, 산줄기의 남쪽 들판에는 암회색의 그림자들
이 드리워지기 시작했다. 택시에 오르면서 아버지가 "요금이 많이 나올 텐디
대절을 하냐?" 하고 중얼거리는 것을, 김칠남은 "저 돈 넉넉하게 있어요" 하
고 자신 있게 말했다. 출판사에서 선인세 삼백만 원을 받은 것이었다.

택시는 시내를 벗어나자 현기증 나게 속도를 냈다. 얼굴이 기름하고, 콧수
염을 기른 오십대쯤의 택시기사는 시디플레이어를 돌렸고, 차 안에는 '허공
속에 묻어야 할 슬픈 옛이야기'라는 가사의, 조용필의 노래 〈허공〉이 흘러나
오고 있었다. 그와 아버지의 물에 잠긴 고향산천 이야기들은 허공 속에 묻어
야 할 슬픈 옛이야기일 수 있었다. 그는 택시기사에게 말했다.

"댐 전체를 한번 둘러볼 것이니까, 기사님이 알아서 댐 전체가 잘 보이는
곳에다가 좀 세워주세요." 그는 세련된 서울말씨를 내뱉고 있었다.

유치 산골에서 태어나 어린 시절을 잠깐 보내다가 서울에 가서 잔뼈가 굵
어졌지만, 서울말씨를 매그럽게 쓴다는 것은 서울사람이 다 되었다는 것이었
다. 그것은 시골스러운 끈끈한 잔정을 잃어버린, 건조한 사람으로 탈바꿈했

다는 것이기도 했다.

스스로의 몸과 영혼이 그렇게 진화했다는 것을 아는 김칠남은 여느 때 스스로 건조해지는 것을 방지하려고 애쓰곤 했다. 자연친화적인 삶을 살아야 좋은 시를 쓸 수 있다고 생각했다. 자기의 작품에서는 나무의 향기, 동물적인 땀 냄새, 흙의 냄새, 강이 노래하는 소리, 높은 산에 끼는 이내(嵐) 같은 신화의 냄새가 나야 한다고 생각했다. 그래서 그는 영혼 속에 들풀이나 송이버섯이나 달팽이나 새나 노루나 사슴 같은 동물들을 키우곤 했다. 우주적이고 신화적인 식물성의 아나키스트가 되고 싶었다.

택시기사가 머리 위의 햇빛차단판에 넣어둔 검은 색안경을 빼서 끼며 "서울서 왔구만이라우?" 하고 투박한 전라도 장흥 사투리로 물었다.

매끄러운 서울말씨 쓰는 사람을 대하면 일부러 더 투박한 사투리를 구사하는 그것은 장흥 사는 사람의 건강한 반발이었다. 택시기사는 자기 이마 위의 거울로 그와 그의 아버지를 훔쳐보며 말했다.

"일단, 지일로 가까운 망향비 앞에 세우께라우잉."

"네…… 좋습니다."

택시기사가 말했다.

"유치면 일대의 수몰민들이 마을마다 계를 묻어서, 그 망향비들을, 자기네 마을 있던 자리가 내려다보이는 곳에다가 세워놓고 가끔 그 앞에 모여서 제를 지내기도 하고, 한 잔씩 함서 물속에 들어 있는 고향 땅을 내려다보고 〈꿈에 본 내 고향〉을 부르기도 하고 그런 모양입디다. 비석이 여러 개여라우. 강동마을 망향비, 공수평마을 망향비, 학산마을 망향비……."

그는 "그럼 학산마을 망향비 앞에 세우세요" 하고 말했다. 함께 초등학교에 다니던 학산마을의 동무 하나를 떠올렸다. 짧은 감색 바지에 흰 줄무늬 있는 녹색 양복저고리를 입고 빨간 넥타이를 매고, 초록색 운동화를 신고 하이칼라 머리를 한, 최영진이라 기억되는 그 아이는 지금 어디서 무얼 하고 살까.

아버지는 택시가 주위 삼키는 아스팔트 길과 산기슭의 숲을 내다보며, 어흠, 어흠 하고 목을 가다듬었다. 어지럽게 교차하는 만감을 간추리는 듯싶은 아버지의 잔기침소리가 음습한 분위기를 조성했다.

차창 밖으로 댐의 푸른 물너울이 펼쳐졌다. 댐 전체를 청남색 페인트로 채워놓은 듯싶었다. 아버지 김오현은 윗몸을 곧추세우면서 색안경을 벗고 차창 밖을 내다보았다. 콧구멍이 커지고 있었다. 댐의 물너울은 산수화의 병풍을 굽이굽이 펼쳐놓은 듯한 산줄기의 허리까지 차올라 출렁거리고 있었다.

벽돌로 지은 면사무소 건물, 경찰파출소 건물, 농협 건물, 초등학교 건물, 중학교 건물과 수많은 마을의 집들과 매미 울고 까치 지저귀던 늙은 정자나무와 감나무, 대추나무, 밤나무 들과 논밭들과 실뱀처럼 오불꼬불하던 논둑길, 밭둑길과 키 큰 미루나무와 강을 가로질러 놓인 시멘트 다리들은 사라지고 없고, 그 자리에는 거대한 청남색의 물결만 출렁거렸다.

택시는 학산마을의 망향비 앞에 섰다.

사각형의 새까만 오석 망향비 앞에는 갈색의 인조목으로 만든 전망 쉼터가 있었다. 인조목 기둥 여섯 개를 직사각형으로 세우고, 그 위에 굵은 마룻대를 얹고, 마룻대 위에 가느다란 서까래를 걸친 다음 등나무 줄기를 올렸다. 진한 암갈색의 동아줄 같은 등나무 줄기는 초록색의 잎사귀들을 주렁주렁 달고 있었다. 줄기 끝에는 바야흐로 연보라색의 옥구슬 모양새의 꽃망울들이 맺혀 있었다. 그 꽃망울들이 목욕탕에서 금방 나온 앳된 여인의 몸내 같은 향기를 뿜었다.

칠남은 택시의 문을 열고, 아버지의 손을 잡아 밖으로 조심스럽게 이끌었다. 망향비에 새겨진 '푸른 물결 출렁거리는 이곳이 우리 고향 마을이었지……'라는 비문을 훑어보고 쉼터 안으로 들어갔다. 쉼터 난간에 기대서면서 출렁거리는 댐의 물너울을 내려다보았다. 아버지가 긴 인조목 의자에 엉덩이를 붙이고 물너울을 내려다보며 한숨을 섞어 말했다.

"느그 아부지는 이 하늘 아래 제일로 큰 죄인이다."

그 말에 장단을 맞추듯, 등 뒤의 소나무숲에서 비둘기가 구구우, 구구우 하고 울었다. 알 수 없는 짙푸른 하늘의 자음과 음험한 땅의 모음이 합성된 듯싶은 음산한 비둘기의 울음소리를 들으며 김칠남은 아버지의 주름살 깊은 얼굴에 피어 있는 자잘한 암자주색 저승꽃들을 흘긋 보았다. 시간은 잔인하다. 시간은 아름답고 곱던 형상을 풍화시킨다.

_『물에 잠긴 아버지』 중에서

장흥 회진면 신덕리에서
장흥읍까지의 길

고향 덕도의 집에서 80리 떨어진 장흥읍내 중학교에 다닐 적에 나는 어머니가 왜 그렇게 보고 싶었을까. 지금 생각하면 어머니는 강한 자성을 가진 지남철처럼 알 수 없는 마력으로 어린 나의 영혼을 끌어당기곤 했었다.

나는 열세 살 때 중학교 1학년이었는데, 장흥읍 원도리에서 세 살 위인 형과 함께 자취를 하며 학교에 다녔다. 그런데 날마다, 해가 뉘엿뉘엿 쥐구멍 속으로 들어갈 무렵이면 어머니가 보고 싶어 가슴이 쓰라렸다. 저녁밥을 지어먹고 나면 공책 종이를 몇 장이든지 뜯어서 어머니에게 편지를 썼다. 밤이 이슥해지도록 편지를 쓰고 나면 어머니 보고 싶음이 좀 가시기는 했지만 완전히 가신 것은 아니었다. 잠자리에 든 다음에는, 소 치고 꼴 베어 나르고 땔나무를 해 짊어지고 집에 들어서다가 어머니에게 칭찬 듣는 꿈을 꾸었다. 꿈에서 깬 나는 돌아오는 토요일에 네 시간 수업을 마치자마자 어머니 계시는 고향집으로 달려가는 계획을 세우곤 했다.

장흥읍에서 고향 덕도의 집까지는 샛길로 걸어서 80리(32킬로미터) 상거였다. 차비가 없으므로 책가방을 한 손에 든 채 걸어서 갔다. 포장되지 않은, 자갈을 깐 차도의 가장자리를 걸으면서 소년인 나는 길옆에 서 있는 전신주들을 세었다. 전신주와 전신주 사이의 길을 77걸음에 돌파하곤 했다. 용산면의 긴 산모퉁이 길을 굽이굽이 돌아가면서는 전신주 55개를 헤아렸다. 산외동에서 간척지 둑을 타고 회진을 향해 갈 적에는 그 둑에 박힌 전신주 34개를 헤아렸다. 회진 포구 선창에서는 밤이 이슥해져서 나 혼자 나룻배를 타고 기다렸다. 나룻배 사공 뚤쇠는 나를 향해 "너 뉘 집 새낀디 밤중이 다 되어서야 건너려고 하냐" 하고 취한 목소리로 비아냥거리듯이 물었다. 나는 아버지의 이름을 말해주지 않았다. 사공이 덕도의 나루머리에 뱃머리를 대주기 무섭게 나는 어둠 속을 뚫고 총탄처럼 뛰어갔다. 소나무 숲 칙칙하고, 가파르고 오불고불한 한재 고개를 한 시간가량 넘어 집으로 달려들어 갔다.

대개의 경우 한재 고개를 넘어갈 때는 밤이 깊어 있었다. 가지 색깔의 밤하늘에는 붉은 별 푸른 별 노란 별들이 눈을 깜박거리면서 이 소나무의 가지에서 저 소나무의 가지로 건너뛰곤 했다. 그 별들을 머리에 인 채 재를 넘었다. 깊이 잠들어 있다가 조약돌에 미끄러진 내 발자국 소리에 놀란 꿩이 푸드덕 날아갈 때는 머리털 끝이 하늘로 날아올라 갔다. 아기들의 돌무덤 많은 산골짝에서는 여우가 울었다. 여우는 아기의 시신을 뜯어먹고 산다고 했고, 여우는 혼자 고개를 넘는 사람을 어지럽게 홀려 잡아먹기도 한다 했으므로, 나는 두려움에 절은 채 식은땀을 흘리며 고갯길을 걸었다. 여름철에도 그렇게 걸어다니고 한겨울에도 그렇게 했다. 냇가 언덕길을 타고 내려가 집의 사립 앞에 이르면, 나는 캄캄하게 불이 꺼져 있고 모두가 잠들어 있는 집 안을 향해 "어메!" 하고 불렀고, 잠에서 깨어난 어머니가 맨발로 달려 나오면서 "워따 어메 내 새끼야, 거기서 여그가 어디라고 또 걸어서 왔냐!" 하고 나를 얼싸안은 채 방으로 이끌었다. 삼십대 후반의 어머니에게서는 후끈 향긋한 유향이 날아왔다. 이때 나는 온몸이 땀에 흥건하게 젖어 있었다. 선잠에서 깨어난 아버지는 나를 보자마자 엄하고 무뚝뚝한 목소리로 "토요일 일요일에 공부를 해야지 여기까지 걸어왔다가 또 내일 걸어갈 것이냐?" 하고 지청구부터 했다. 아버지가 무서워 몸을 움츠리는 나를 어머니는 등 뒤의 이불 속에 묻어놓고, 내 얼굴을 만지고 등을 토닥였다. 아버지는 등잔불을 밝히고 나서, 어머니가 내 얼굴을 쓸어 만지는 것을 보면서 어머니에게 미운 소리를 했다. "당신, 한석봉이 어머니 몰라요? 새끼들을 잘 키우려면 한석봉 어머니를 본받아야 돼요. 한석봉이 어머니는 십 년 기약하고 서당에 보낸 아들이 십 년을 다 채우지 못하고 오니까, 불을 꺼버린 다음 떡 썰고 글씨 쓰기 내기를 한 다음, 삐뚤삐뚤하게 글씨를 쓴 아들을 회초리로 때려 당장 쫓아 보냈어요. 당신이 그렇게 오냐오냐하기만 하니까 저 새끼가 일주일 만에 한 번씩 80리 길을 걸어서 보르르 달려오곤 하는 것이요. 참을성이 그렇게 없어서 장차 무엇이 될라는지. 내일 또 왔던 80리 길을 걸어서 장흥까지 가야 할 것 아니여?" 어머니가 "아이고…… 오죽이나 오고 싶으면 그 먼 길을 걸어서 여그까지 이렇게 왔겄소? 걸어서 다녀가는데 차비가 드는 것도 아니고……" 하고 나의 역성을 들자, 아버지는 벌컥 역정을 내며 "걸어서 다니면 신은 안 떨어지는가? 신도 돈이여!" 하고 말했다. 아버지의 지청구에 주눅이 든 나는 고개를 숙인 채 어머니의 허벅다리 밑에 두 손을 찌르고 있었고, 어머니는 "여그까지 걸어오느라 얼마나 시장하냐" 하면서 삶은 고구마를 내어주었고, 나는 그것을 어머니의 사랑(유향) 냄새에 버물어 달게 먹었다.

이튿날 아침, 나는 자고 일어나자마자 장흥 읍내까지 갈 준비를 서둘러야 했다. 아버지는 나를 그냥 빈 몸으로 보낼 수 없다면서, 쌀과 보리 몇 됫박씩을 자루에 담아 멜빵을 만들어주고, 어머니는 김치 깍두기를 단지에 담아주었다. 아버지는 반찬 단지를 새끼줄로 얽어 끈을 달아주었다. 나는 곡식 자루 위에 책가방을 얹어 짊어지고 반찬 단지를 들고 아버지 어머니께 하직하고, 32킬로미터를 걸어서 장흥 읍내의 자취방으로 갔다. 나는 가다 쉬고 또 가다 쉬기를 거듭하면서 싸묵싸묵 갔다. 그 고역의 강행군으로 인해 이틀 동안 다리 몸살을 앓곤 하면서도 나는 일주일에 한 차례씩 아니면 2주일에 한 차례씩 어머니를 보러 왕래하곤 했었다. 열세 살 열네 살 열다섯 살의 소년을 그렇게 강행군하게 한 힘은 무엇이었을까.

_『달개비꽃 엄마』 중에서

회진면 신덕리에서
관산의 천관사 가는 길

천 관 사

초가을의 어느 이른 아침 시할머니 정씨는 천관사 부처님에게 손자며느리를 선보이려고 나섰다. 소복을 한 정씨는 손자며느리 점옹을 앞장세웠다. 다홍치마에 노랑저고리를 입은 점옹은 시주쌀 다섯 됫박을 자루에 담아 머리에 이고, 점심때 먹을 주먹밥 두 덩이를 작은 대그릇에 싸 들었다.

시어머니 김씨는 눈을 내리깔고 부엌으로 들어갔다. 김씨는 손자며느리 점옹을 화초처럼 가꾸면서 감싸는 정씨를 싫어했고, 정씨한테 살갑게 정성을 다하는 점옹에게 냉랭하게 대했다. 김씨는 정씨가 좋아하는 절을 싫어했고, 예배당도 싫어했는데, 좀돌이쌀을 떠놓고 천도교의 주문을 외우는 것만 묵묵히 실천했다. 아들 웅기를 위하는 일이라 여기는 것이었다. 점옹은 김씨를 따라 천도교의 한울님을 받들지 않을 수 없었다.

점옹은 여느 때 근엄하면서도 자상하고 다정다감한 시할머니 정씨와 꼿꼿하면서도 차가운 시어머니 김씨 사이에서 운신이 조심스러웠다. 시할머니에게서 날아오는 다사로운 바람과 시어머니에게서 날아오는 차가운 바람은 점옹에게 와서 충돌하곤 했는데 그때마다 점옹의 살갗에서는 미세한 소름이 돋

한승원

았다.

김씨는 자기 시어머니 정씨와 며느리 점용 사이에서 소외를 당하는 것이 쓸쓸하고 슬픈 것이었다. 김씨는 며느리 점용과 아들 웅기가 조용히 도란거리는 것도 싫어했다. 김씨는 근엄한 시어머니 정씨 앞에서 늘 고양이 앞의 쥐처럼 몸을 사리며 조신했다.

점용은 부엌문 앞으로 가서 시어머니 김씨에게 "어머님 다녀오겠습니다" 하고 말했다. 김씨는 설거지통에 들어 있는 그릇들을 씻을 뿐 뒤도 돌아보지 않은 채 "오냐, 할머니 잘 모시고 다녀오너라" 하고 말했다. 사립으로 나가던 시할머니 정씨가 점용을 재촉했다.

"물 때 바쁘겠다. 어서 가자."

점용은 쌀자루를 머리에 이고 도시락을 한 손에 들고 정씨의 뒤를 따랐다. 정씨의 소복 치맛자락 아래로, 흰 버선발을 감싼 왕골 신의 뒤꿈치와 맵시 고운 신날이 내다보였다. 점용도 친정아버지가 삼아준 왕골 짚신을 신고 있었다.

정씨는 점용을 앞장서서 가다 쉬고 다시 가다가 쉬면서 노둣머리에 이르렀다. 노둣길로 들어서기 전에 정씨는 밭둑 위에 엉덩이를 걸치고 앉으면서 후유 하고 한숨을 쉬었다. 노둣길은 아득한 갯벌 밭 한가운데로 거대한 이무기처럼 몸을 외틀면서 뻗어가고 있었다. 그 노둣길 저편에 보랏빛의 천관산이 하늘을 이고 있었다. 정씨는 숨을 몰아쉬면서 점용을 향해 말했다.

"새악아, 너도 여기 앉아 잠시 쉬어라."

갯벌 밭 건너 아랫목에 청회색 바닷물이 보였다. 바야흐로 밀물이 지기 시작하고 있었다. 점용은 쌀자루를 밭둑에 내려놓고 정씨 앞에 선 채 "저는 다리 안 아픕니다" 하고 말했다.

정씨의 하얀 머리칼이 햇살을 되쏘았다. 정씨의 마른 손등에는 푸른 핏줄들이 선명하게 드러나 있었다. 얼굴에는 깊은 주름살들이 잡혀 있었다. 정씨가 점용의 두 손을 잡아다가 한데 모아 잡고 쓰다듬었다.

"너는 어쩌면 이렇게 얼굴도 곱고 손도 이쁘고 탐스럽냐. 키도 헌칠하고, 모가지도 길고, 몸은 오동통하고…… 니가 어떻게 내 손자며느리가 되었냐? 너는 틀림없이 관세음보살이 환생해서 우리 집으로 들어온 것이야. 우리 집 안을 일으키려고."

이 말을 들으면서 점용은 예수의 어머니 성모 마리아를 떠올렸다. 바람이 바다 쪽에서 불어왔고, 정씨와 점용의 귀밑 머리카락을 날리게 했다. 치맛자 락도 하늘거렸다. 밭둑의 황달 든 콩잎과 다랑이 논의 노랗게 익어가는 벼 이 삭을 흔들어댔다. 하늘에는 흰 구름장들이 북으로 가고 있었다.

"내가 절에 가서 부처님한테 빌어주마. 너하고 느그 서방 웅기하고…… 평생토록 강건하고 금슬 좋게 아들딸 많이 낳고 화목하게 잘살게 해주시라 고……."

점용의 얼굴을 쳐다보며 말하는 정씨의 왕골 짚신 발부리에 보라색의 달개 비꽃 한 송이가 활짝 벌어져 있었다.

한승원

시 할 머 니 의 극 락

천관사는 용소동(龍沼洞) 뒷산 중턱에 있 었다. 점용은 시할머니 정씨를 부축하면서, 굽이굽이 산골짜기를 타고 뻗어 간 자드락길을 올라갔다. 산등성이를 감돌아 오르는 길은 가팔랐다. 정씨는 가다가 쉬고 또 가다가 쉬었다. 숨을 가쁘게 쉬면서 이마와 목덜미에 솟는 땀 을 씻었다. 정씨는 혼신의 힘을 다해 구절양장의 산길을 오르고 있었다. 손자 며느리를 부처님께 보여드리겠다는 것이 그렇게도 중한 일일까. 길 가장자리 에는 억새 숲이 무성했다. 억새 숲은 바야흐로 보랏빛 이삭을 토해내고 있었 다. 그 숲 위로는 신성한 코끼리 모양을 한 흰 구름이 흘러갔고, 숲 사이에는 들국화가 하얗게 웃고 있었다. 바람이 달려오면 억새풀들이 몸을 서로 비비 면서 차르랑차르랑 웃어댔다.

절은 검은 유관을 쓴 산정이 바라보이는 펑퍼짐한 자리에 앉아 있었다. 웅장한 대웅전과 극락전과 산신각들이 안존하게 자리를 잡고 있었다. 일주문에 들어섰을 때 스님들이 정씨와 점용을 정중하게 맞아들였다.

대웅전에 들어가자 주지스님이 목탁을 두드리며 염불을 해주었고, 정씨는 힘들어하면서도 기어이 백팔 배를 했다. 점용은 절하는 정씨를 부축해드렸다. 정씨는 부처님들을 향해 무릎을 꿇고 앉아 소원을 말했다.

"부처님, 관세음보살님, 이 아이가 제 손자며느리입니다. 한사코 지아비하고 화목하고 강건하게 살면서, 예쁘고 똑똑한 자식들을 줄줄이 낳아 기를 수 있도록 자비를 베풀어주십시오."

시할머니 정씨는 주머니에서 종이돈을 꺼내 복전함에 넣고, 스님들의 배웅을 받으며 산을 내려갔다.

_ 『달개비꽃 엄마』 중에서

이인

장흥行

장흥을 가기 위해서는 일단 광주로 가는 심야 우등고속버스를 타야 했다. 일
정보다 하루 늦게 '옛길, 새길' 답사팀과 아침 8시에 합류하기 위해서는 선택
의 여지가 없었다. 강남터미널을 천천히 빠져나가는 버스 창가에 앉았다. 터
미널 근처에서는 카바레의 원색 네온 불빛이 번쩍였고, 조금 멀리로는 아파
트 불빛들이 희미하게 번졌다.

　처음 선두 형의 전화를 받았을 때 '옛길, 새길' 답사 일정과 다른 개인적인
일이 겹쳐 행사에 참여하지 못함을 너스레를 떨며 웃음으로 마무리했다. 스
스로 마음만 바쁠 뿐 매일매일이 그만그만한데 꼭 어쩌다 일감은 겹쳐 온다
는 머피(?)의 법칙이 비껴가질 않는지. 두 가지 일 중 하나를 선택해야 한다
면 먼저 약속된 일이 우선인 것은 당연하다. 그러나 한승원 선생님 작품을
형상화하는 작업은 놓치고 싶지 않았으니, 두 가지 일을 모두 취함으로써 오
는 과식의 부작용은 오직 스스로 감내해야 했다.

　한승원 선생님과 내 작업의 연결고리를 찾는다면 '불교적인 것'이다. 전통
의 뿌리가 깊은 동양화를 선택한 나는 이삼십대 때 그 전통의 뿌리에 절망
했고 겨우 다가가 기댄 곳이 불교였다. 향토적 성격이 전무했던 나는 모태

54

아제아제바라아제 1 캔버스에 혼합재료, 90×130cm, 2016

신앙인 불교에서 동양화 작업의 근간을 마련했고, 채색 진채화로 현실은 건드리지도 못하고 그저 도상들과 재료에 머물러 화면을 메꾸고 있었다. 그때 먼저 만난 것이 1989년 영화 〈아제아제 바라아제〉였다. 저 아득한 인간 내면의 욕망과 구원을 비구니의 수행 과정을 통해 질문한 한 편의 멋진 현대극은 젊은 미술학도의 뒤통수를 치기에 충분했다. 그 원작이 소설 『아제아제 바라아제』라는 것을 알았지만 소설책이 내 손에 쥐어진 것은 2년쯤 지나서였다. 산속에 있던 불교가 저잣거리로 나서는 대목에서 옹벽에 갇힌 동양화의 전통이 나갈 길의 단초를 보았다면 과장된 제스처일까. 영화보다 묵직

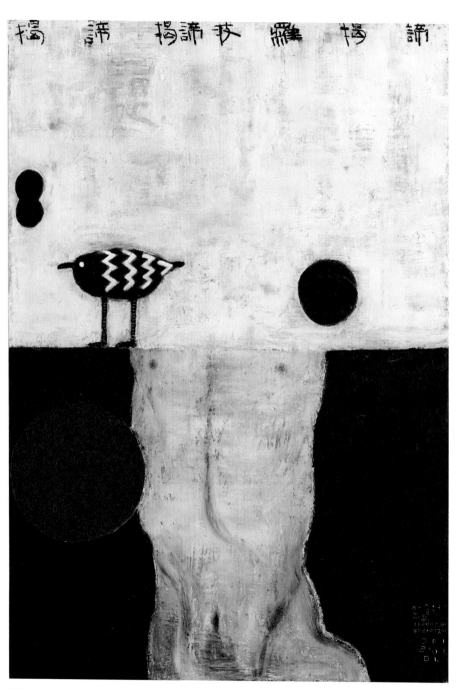

아제아제바라아제 2 캔버스에 혼합재료, 90×130cm, 2016

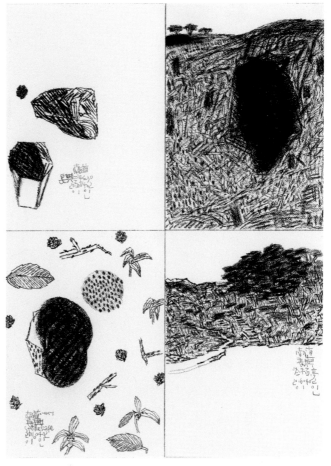

장흥 스케치 종이에 콘테, 52×72cm, 2016

한 소설로 시작된 한 선생님과의 인연은 나 혼자만의 비밀이 되었다.

    광주에서 새벽 첫차로 장흥으로 출발, 제시간에 답사 일행과 합류했다. 모두들 첫날의 빡빡한 답사 일정과 어젯밤 술추렴으로 이미 친해져 있었고 나는 서용 선생과 함께 한 방에 배정받았다. 둘째 날 일정을 소화하기 위해 버스로 이동하며 장흥에서 나고 자란 문학가들의 문학과 삶 이야기를 들었다. 고향에 대한 개념이 없는 나로서는 먼저 고향을 살가워하는 것이 부러웠고 또 그들을 이해하려 노력했다. 끝없이 펼쳐진 바다를 보면서, 깊은 골짜기 산길을 걸으며 그들의 가슴에 차곡차곡 감성의 언어를 새겨넣은 이야기를 들었다. 동시대에 나는 서울 효제동, 창신동, 불광동, 녹번동, 응암동을 전전하며 어린 시절을 보냈다. 하지만 스산했던 그때의 기억은 작풍에 녹여 스며들 그 무엇을 도무지 발견해내지 못했다.

처음 답사객의 눈에는 산은 산, 물은 물인데 거기에 이야기가 더해지고 하나라도 놓치지 않으려는 초롱초롱한 답사객들의 마음이 함께해 점점 장흥의 산천은 그 무엇이 되고 있었다. 탐진강가의 작은 돌멩이가, 분홍나루에서 만난 장흥 누이가, 동백정 돌계단에 떨어진 동백꽃 한 송이가 점점 또렷이 떠올랐다. 나는 부시럭부시럭 가방에서 스케치북을 꺼내 펼쳤다. 시동이 먼저 걸린 다른 답사객들도 자기만의 폼으로 장흥의 산천을 기록하고 있었으며, 누가 자기 고향 아니라고 할까 봐 선두 형은 모든 풍광을 잡아먹듯 화첩에 담고 있었다.

이렇게 답사는 끝났다. 두 달 전의 일이다. 소설 『아제아제 바라아제』에 대한 그림 두 점과 스케치 연작은 어제 끝났고 답사에 대한 글도 오늘 얼추 끝났다. 이제 장흥은 내 몸속 어딘가에서 숨 쉴 것이다.

한승원

김지원

작 가 노 트

수채화로 그린 글

장흥행 버스 창밖으로 보이는 군산의 땅은 왜 그리 붉던지? 점심 무렵 장흥
에 도착하고서 들른 시내 작은 식당의 밥과 반찬은 그대로 예술이었다.

한승원 선생님 소설에는 이런 구절이 나온다.

●

●

●

늦은 가을 내 오금에 습진이 기승을 부
리던 슬픈 계절. 그 슬픔을 빛깔로 이야기한다면 암울한 보라색일 터였다. 내
자취방에는 그 보라색이 맴돌았다.

(……)

우리가 밟아가는 길은 덕도의 북편 모퉁이로 뻗어 있었다. 우리는 회흑색
갯벌 밭을 오른쪽에 끼고 걸었다.

(……)

나의 세상은 어두운 보라색의 새들이 비상하는 오색의 찬란한 시공으로 변

59

맨드라미 종이에 볼펜, 구아슈, 57×76cm, 2016

했다.

(……)

진한 가지 색깔의 하늘에 별들이 수런거렸다. 푸른 별, 누른 별, 붉은 별, 별들 속에서…….

(……)

그녀는 논둑에 쪼그리고 앉아 진한 자주색의 나발 나물 꽃송이를 내려다 보고 있었다.

_『보리 닷 되』 중에서

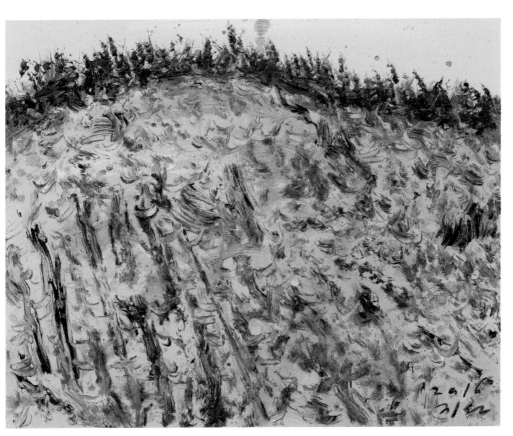

보라색 풍경 리넨에 유채, 50×40cm, 2016

그리고 답사 후 선생님이 보내주신 9월 출간 예정인 『달개비꽃 엄마』에도 "댐 전체는 청남색 페인트로 채워놓은 듯싶었다"라는 구절이 나온다.

이처럼 선생님의 글에는 풍경과 상황을 색으로 표현한 언급이 많다.

독특한 소설 속 색색의 표현이 소설가의 척박한 젊음의 기억으로 남았고 나는 잘 쓰지 않던 '보라색 풍경'으로 장흥을 표현하였다.

글과 시 속에 끼어 있는 과거의 시간은 그대로 켜켜이 소설가와 시인의 드로잉이 되었다. 소설가의 '색 글'은 글로 수채화를 빠르게 그린 듯하다. 소설도 시도 산문도 결국은 자신의 흉터나 상처를 드러내는 일인지도 모른다. 그리고 계속 시와 소설이 되어달라고 요구하고 욕망한다. 그 이야기 속에는 사랑도 어머니도 주변 인물도 풍경도 바람도 길도 보인다. 하여 '장흥 땅'의 아직 없어지지 않은 산의 모퉁이나 가슴앓이섬, 산등성이 돌아가는 풍경 속 옛길 형태가 남아 있는 것을 다행이라 해야 할까?

답사길에서 마주친 녹슨 철 대문과 삭은 슬레이트 지붕에서 스산한 세월을 본다. 오래된 집은 녹아내리고 나무는 더욱 거대하게 자라고 인적은 드물다. 집은 쇠락했어도 소설가의 집에서 마셔본 물은 그 집의 생명이었다. 그리고 지금은 사라진 과천 내 고향집 모습과 물맛이 어떠했는지 희미해진 기억을 더듬어본다.

한승원

황재형

작 가 노 트

당신의 세숫물은 장흥 갯물이었습니다

큰일 났다. 여태 남을 해치며 내 이익을 구하는 일이 없어 가정의 평화를 깨트리지 않았는데 이번 일은 만인이 아는 일이어서 온전할 수 없을 것 같다.

옛길을 따라 걷는 여행 첫날, 하필 제삿날이라 고향에 들러 어르신께 인사부터 하고 서둘러 왔는데도 일행들과 합류할 수 없었다.

위종만 씨에게 전화했더니 한승원 선생님 생가에서 만나자고 했다. 나는 차를 주차장에 두고 기웃거리며 한참을 걸어 마침내 한승원 선생님 댁에 도착했다.

풀섶 하나 돌멩이 하나가 예사롭지 않았고 특히 맑은 샘물이 나오는 샘터는 차를 끓이지 않더라도 그저 좋았다.

휘 둘러보고 앉았는데 내 시선을 사로잡는 게 있었다.

양은 세숫대야.

내 고향에서 쓰는 것과 별반 다를 바 없어서 친근함도 들었지만 이내 그런 것은 문제 되지 않았다. 한 세월을 지켜낸 한 사람의 무게가 고스란히 전해져왔다. 시간 속에 부식된 모서리의 구부린 모양이나 터진 곳이 내 속 깊은 곳으로부터 형용할 수 없는 근원적인 울림으로 다가왔다. 흔히들 산다는 것

양졸養拙 한지에 먹, 68.5×58cm, 2016

한승원

이 그런 것이라고 초탈한 듯 허세를 갖기가 쉬운데 그럴 수 없었다. 평생 일 속에 묻혀 갈라진 할머님의 손톱이나 쩍쩍 갈라진 굳은살을 잡을 때와 같은 정직한 울음인지도 모른다.

그런다고 무어가 달라질 게 있겠느냐만은 나는 환쟁이니까 그 존엄을 드러내보고 싶었다. 문제는 세숫대야다. 이것을 가져가야겠다고 말씀드리면 주실지도 모르지만 괜한 일이라고 말아버렸다. 그러다 아무래도 포기할 수 없어서 몰래 가져왔다. 도둑질이다.

하루도 거르지 않고 가져낸 세숫물처럼
그 어느 한 번도 이 갯가를 떠나본 적이 없는 글쓰기에 대한 응답,

64

당신의 세숫물은 장흥 갯물이었습니다 **양은 세숫대야에 아크릴릭**, 35.5×35×11cm, 2016

장흥 갯바람 캔버스에 유채, 72.7×53cm, 2016

존재에 대한 물음,

삶의 풍경을

뼈 깎듯이 가져낸 작업에 대한 존경이자 고마움입니다.

예술에 있어 작업이라는 인위성이 얼마나 살 아프고 깔끄러운지를 알기 때문입니다.

그저 장흥, 한승원 선생님 댁에서의 화가 황재형의 일기(逸氣)이거니 하고 너그럽게 봐주시기를 바랍니다.

수고하신 위종만 씨, 모델까지 서주신 한승원 선생님, 아무쪼록 건강하시기를 빌겠습니다.

홍이현숙

작 가 노 트

아내에게 들켰다

임감오(林卄伍) 여사님(독립적이면서도 적당한 호칭이 생각나지 않는다)은 소설가 한승원 선생님의 아내다. 이번 프로젝트에서 나는 소설가 한승원 선생님과 짝이 됐는데, 한승원 선생님보다는 그의 부인을 그리고 싶었다. 사실, 한승원 선생님이 직접 그의 아내를 소설 속에서 다룬 적은 거의 없는 것 같고(그의 어

'아내에게 들켰다' 중 캡처 15분 48초, 2016

67

머니의 흔적은 여기저기에 있다) 어떤 분인지 그전부터 많이 궁금했다.

이 작업을 위해 여사님을 직접 뵈러 갔다. 여사님은 자신을 드러내는 것을 아주 저어하고 선생님의 그림자로 사는 것에 아주 만족해서, 한사코 사진 찍히는 걸 거부하신다 하셨다. 그러나 한 선생님도 얘기하셨지만 여사님은 오지랖이 넓어서 마을 전체를 끌어안을 만하고 여사님이 안 계시면 마을회관이 적막강산이 될 정도로 명랑한 분이셨다. 그런 명랑함을 영상으로 다 전달하지 못해 무척 아쉽다.

최근에 한승원 선생님은 『이별 연습하는 시간』이라는 시집을 내셨는데 아내를 직접 그린 시가 무려 여섯 편이나 된다. 그중 유독 내가 만난 여사님이 잘 느껴지는 시가 있는데, 제목이 「아내에게 들켰다」다. 누나처럼 기대고 혹은 삶을 마주 잡은, 인생의 동반자로서의 아내에 대한 따뜻함이 잘 묻어나는 시다. 아래에 시 전문을 싣는다.

한승원 ────

'아내에게 들켰다' 중 캡처 15분 48초, 2016

'아내에게 들켰다' 중 캡처 15분 48초, 2016

．
．
．

속으로부터 솟구쳐 올라온

앞이 보이지 않는 보얀 안개 너울에 갇혀

아침나절 내내

달 긷는 집 마당의

달 보는 정자 난간에

쉼표처럼 걸터앉아서 속절없이

하늘과 바다를 바라보다가

점심때,

식탁 앞에서 어수룩하게 고개 수그리고

아내가 차려낸 생선회 비빔밥을 포도주 곁들여 먹고

한 승 원

숟가락을 놓자마자 토굴로 올라가려고 몸을 돌리는데,

아내가 말했습니다.

여보, 오늘부터 내가 놀아줄까요?

아하, 들켰다.

허름해지고 있는 내 삭신 굽이굽이에 몸살처럼 알알이

박힌 우울.

_ 「아내에게 들켰다」 전문

송기숙은 1935년 전남 장흥에서 태어나 전남대학교 국어국문학과와 같은 대학교 대학원을 졸업했다. 1964년『현대문학』에 평론「창작 과정을 통해 본 손창섭」과 1965년「이상서설」로 추천이 완료되었다. 1966년 단편「대리복무」, 장편『자랏골의 비가』를 발표하며 소설가로 활동을 시작했다. 1973년 전남대학교 교수가 되었으나 1970~1980년대 민주화운동과 교육운동에 참여하며 두 차례 옥고를 치렀다. 1984년 전남대학교 교수로 복직했으며, 1987년에는 민주화를 위한 전국교수협의회를 창설하여 초대 공동의장을 맡았다. 작품으로는『백의민족』,『도깨비 잔치』,『재수없는 금의환향』,『개는 왜 짖는가』,『테러리스트』,『자랏골의 비가』,『암태도』,『녹두장군』,『은내골 기행』과 산문집『녹두꽃이 떨어지면』,『교수와 죄수 사이』,『마을, 그 아름다운 공화국』, 역사이야기『이야기 동학농민전쟁』등이 있다. 현대문학상, 만해문학상, 금호예술상, 요산문학상 등을 수상했다.

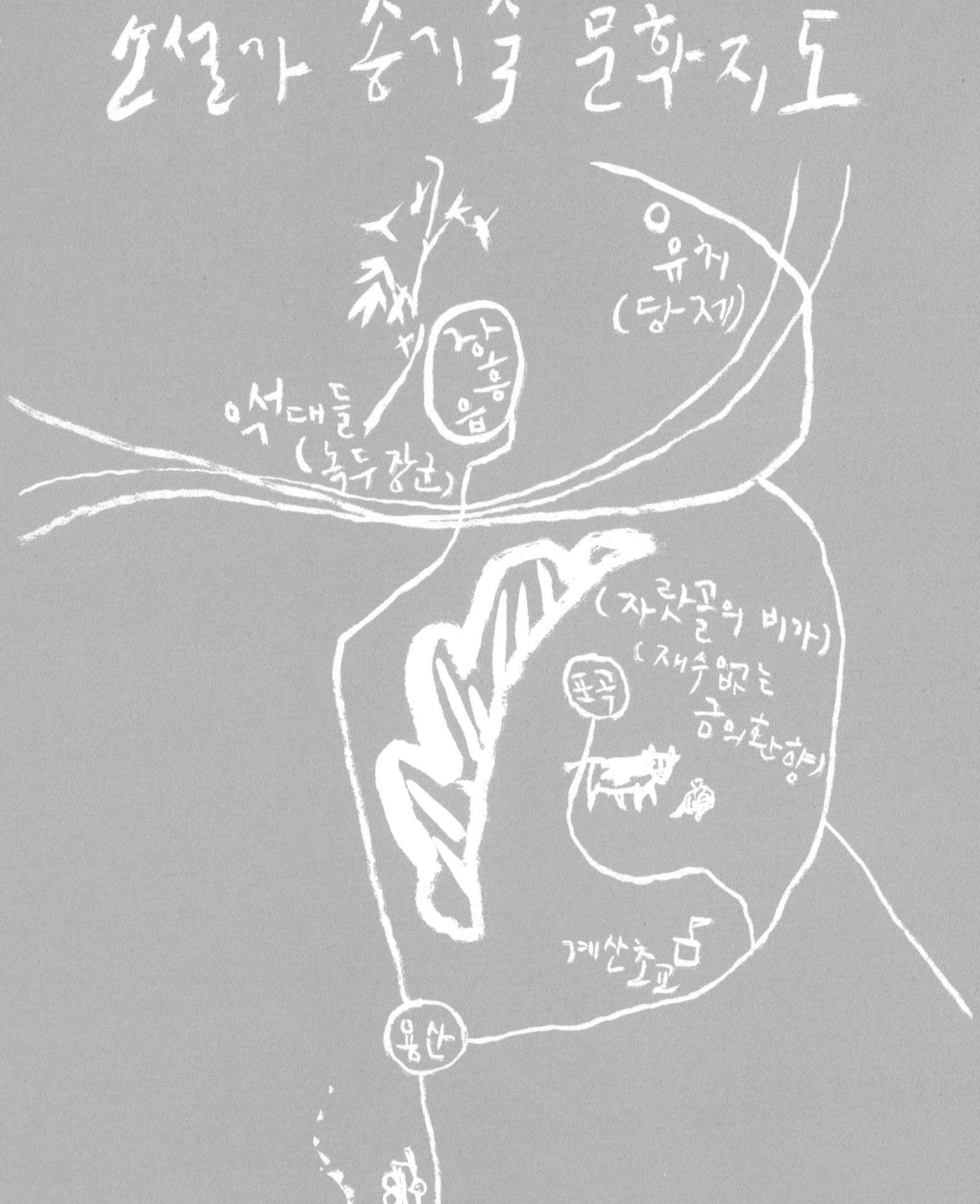
소설가 송기숙 문학지도
유치
(당제)
장흥읍
(녹두장군)
(자릿골의 비가)
(재수없는 금의환향)
계산초교
용산
2016.6

송기숙의 소설길은
검은색이다

이대흠

송기숙의 소설길은 검은색이다. 검은색은 다른 색을 다 포용하는 색이며, 대지의 색이다. 세상에 있는 모든 색이 모이면 검은색이 되듯, 송기숙의 소설은 다채로운 인간들이 모여 이루는 대동세계를 지향한다. 검은색은 어느 색이든 다 받아들이는 포용성이 있고, 무게가 있고, 앞장서지 않는다. 덕성이 있다. 화려하지 않아도 농담(濃淡)만으로 세상의 모든 것을 표현할 수 있는 색이 검은색이다. 검은 선 몇 개로 모든 것을 담아내는 묵화와 같다.

작가의 생김새도 이와 다르지 않다. 송기숙은 선이 굵다. 얼굴 모양도 그러하고, 살아온 내력도 굵직굵직하다. 얼굴의 선은 먹으로 툭툭 쳐서 그린 듯하고, 살아온 길은 완숙한 솜씨의 서예가가 전 생애를 담아 쓴 일획 같다. 그래서인지 그의 이미지를 떠올리면 불회사 앞 석장승이 떠오른다. 나아가 그 얼굴은 운주사의 못난이 부처들의 모습으로 확장된다. 선이 굵고 입은 무거워 보인다.

조금 전 사립에서 만난 이웃집 아저씨 같고, 논매다 나와 막 논두렁에 앉아 막걸릿잔을 들이켜는 쟁기질꾼 같고, 동네 사람들이 속엣말을 다 털어놓아도 눈만 끔벅거리며 다 듣고 다른 사람에게는 한 마디도 건네지 않을 것처럼 입이 무거워 보인다.

하지만 입이 무겁다고 해서 입담이 약하다는 건 아니다. 일찍부터 송기숙은 천승세, 황석영과 더불어 문단의 3대 구라로 불렸다. 따라서 그의 소설에 나오는 구어체는 책상머리에서 쥐어짜서 나온 게 아니다. 그의 몸속에 이미 내재되어 있는 해학과 낙천성, 인간에 대한 근원적인 신뢰 등이 바탕이 되어 그렇게 생동감 있고 구체적이고 찰진 데다가 비유마저 적절한 입말들이 살아난 것이다.

그의 생김새가 선이 굵어서 김정환은 그를 '우리나라 최후의 머슴'이라 하였지만, 그와 반대로 이문구는 '백제 유민이고, 훤칠한 미남이다'라고 평한 바 있다. 하지만 그가 미남인 것을 처음 알아본 이는 이문구가 아니었다. 5월 항쟁이 끝난 뒤 그가 지명수배되었을 때, 수배자 명단에 적힌 그의 인상착의가 '미남형'이었다. 이것을 본 그가 농담을 하였다. "아따, 전두환 정권이 오래 가겠네야. 이 작자들이 사람 볼 줄 안단마시."

그의 이런 해학성과 낙천성은 널리 알려져 있고, 그에 대한 문단의 평가도 유독 많은 편이다. 이문구는 '나라에 천연기념물 보호법은 있으면서 왜 이런 천연인간 보호법은 없는지, 다시 생각케 해주는 사람이다'라고 하였고, 이시영은 "아따 말이시, 고것이 말이시……"로 시작되는 그의 추임새를 두고, '가르릉거리며 오토바이 시동 거는 그 소리를 두고 우리는 일찍이 광주방송이라 불렀다'라고 하였다. 또한 고은은 '천연기념물 송기숙 / 그가 있어 광주였다'라고 노래하였다.

송기숙의 소설 속으로 들어가면 선이 굵은 사내들이 나타난다. 암태도 소작쟁의를 이끌었던 서태석, 동학농민혁명의 지도자 전봉준 등 역사 속에 실재했던 이름들과 더불어 '돌부처같이 크고 둔한 몸집을 가진 용골 양반', '조리장사 체곗돈을 내다가 목때기 중놈 외입값을 물어줬으면 줬지. 그런 돈은 못 물어, 아무리 내 도장이라 하지만 미친년 모심대끼 아무 도장이나 주워다가 꾹꾹 찍어놓고 해 처묵은 것을'이라며 입담을 자랑하는 자랏골 사람들, '감투라고는 개가 쓰다 버린 짚 벙거지 하나도 주워 써본 적' 없는 이들이 있다.(『자랏골의 비가』)

이런 민중들의 꿉진하고 해학성을 잃지 않는 이야기가 바탕이 된 게 송기숙의 소설이다. 따라서 선생의 소설을 길로 표현한다면 사시사철 일하는 이들의 발자국이 수없이 찍혔을 농로의 그 검은 길이다. 그 길에 사는 사람들은 평화로운 시기에는 해학적이고 생명력 넘치는 삶을 살아가지만, 지배자들의 횡포가 극에 달하면 대창을 들고 일어선다. 역사의 일획을 긋는 민중들의 함성처럼 그 길은 굵고 분명하다. 따라서 녹두장군에 나오는 무수한 민중들의 죽창이 낱낱의 붓털이 되었다고나 할까. 그 일획이 역사라는 대하(大河)고, 송기숙이라는 큰 산이다.

민초들의 삶의
현장에서

송기숙

작가의 고향길

자랏골에는 옛날부터 명당이 세 개가 있
다는 전설이 내려오고 있었다. 지금 동네 가운데 덩실하게 자리를 잡고 있는,
읍내 이양문이 묘가 그중 하나라는 소문이 나고부터 묏도락꾼들의 발길은 한
층 부산해져서, 사십여 년 동안 자랏골은 이 묏도락꾼들의 발길이 끊이지 않
는 셈이었다. 이웃 고을에서는 말할 것도 없고, 멀리 경상도나 충청도에서까
지 묏도락꾼들이 한다는 풍수를 앞세우고 몰려들었다. 그래서 지금 자랏골
안통 논밭은 거의 그런 묘에 딸린 위토(位土)고, 삼십여 호의 자랏골 사람들은
그 위토를 벌어먹으며 묘를 지켜주는 산지기들이 태반이었다. 두서너 집을
내놓고는 이렇게 모두 남의 뫼 그늘에서 사는 산지기들인데, 집까지 통째로
산직집이어서 자기 것이라고는 부지깽이 하나밖에 없는 사람들이 태반이고,
더러는 논 서너 마지기만 부치고 있는, 말하자면 반산지기도 몇 집 있었다.

높은 산이 울타리처럼 빙 둘러 마을을 싸안고 있어, 소쿠리에 밤알 담아
흔들어놓은 꼴로 안쪽에 옹기종기 집이 붙어 있는 자랏골 마을은, 울타리처
럼 둘러싼 산줄기가 사방으로, 다 쳐다보이게 높아, 다른 곳에 비하면 하늘
이 셋에 둘꼴로 좁았다. 이렇게 하늘이 좁아 일광시간이 짧으니, 산자락에 얹
힌 논다랑치들은 항상 햇빛 가난인 데다가 산골이라 찬물까지 쳐, 벼포기들
은 자라다가 그대로 풋대에 서리를 맞기 십상이었다. 다른 곡식도 늘 그렇게

햇빛을 그려 가을이 다른 동네보다 좋게 보름은 늦게 들었는데, 그런 논밭을 벌어 먹고사는 자랏골 사람들도, 그렇게 크다 만 벼포기처럼 궁기에 찌들어 산다. 남의 것일망정 그런 밭뙈기나 산전 한 다랑치도 없는 끝심이 같은 집은 뱀 같은 것을 잡거나, 비럭질을 해다가 먹으며 더 찌든 인생을 살아가고 있는 것이다.

마을 앞 손바닥만 한 들판과, 산자락에 얹힌 궁상스런 논밭 뙈기가 이렇게 사람 사는 터전이었으나, 처음부터 사람이 아니고 멧돼지 노루 같은 산짐승들이나 살아야 할 산골이어서, 시늉만의 이런 논밭 뙈기 말고는 뭐 하나 사람 바치게 생겨먹은 곳이 없었다. 이런 깊은 산골이면 산자락을 돌아가는 물굽이나 바윗돌 한 군데쯤 맺힌 데가 있는 법인데, 여기는 어찌 된 산골인지, 더러 묏자리 잡으러 온 사람들이 풍류 삼아 술 한잔 내다 마실, 바윗돌이나 나무 그늘 하나 구색을 갖춘 데가 없었다.

명물이 있다면, 마을 한가운데 왕릉처럼 덩실하게 버티고 있는, 읍내 양문이 묏등이었다. 자랏골에 처음 들어오는 사람들은 누구나 그 묏등을 보고 놀라는데, 그 묏등의 봉분이 엄청나게 큰 것에도 놀라지만, 그보다도 묏등이 동네 한복판에 버티고 있다는 사실에 더 놀란다.

_ 『자랏골의 비가』 중에서

동학농민혁명 농민군의 길,
자울재

전봉준 장군 최후의 전투였던 태인전투 6일 뒤인 1월 3일 이방언 장군은 보성·장흥·강진의 농민군을 수습, 천여 명으로 장흥읍을 점령했다. 이 전투에서 장흥 부사 박헌양을 비롯해서 95명의 관군이 전사했다. 이방언은 여세를 몰아 이웃 병영과 강진을 점령했다.

그러나, 이틀 뒤에 일본군이 몰려왔다. 석대들에서 일본군과 다시 맞서니

농민군의 세력은 3만 명이었다. 그러나, 이 3만 명도 일본군의 대포와 기관총 그리고 양총 앞에서는 추풍낙엽이었다.

이때 농민군의 주 무기는 조총이었는데, 장약을 해서 지름승에 부싯돌로 불을 붙여 발사하는 데 3분이 걸렸다. 그나마 유효 사거리는 30미터밖에 되지 않았고, 비 올 때는 쓰지도 못한다. 일순간에 수백 발씩 나가는 회전식 기관총 앞에서 이것은 그대로 장난감이었을 것이다. 이 석대들에서도 시체가 산을 이루고 피가 바다를 이루었다.

이때 비참한 일화가 하나 있다. 이방언 장군은 장군으로서의 위세 때문에 평시나 전투 때 가마를 타고 다녔던 모양인데, 이 전투에서 패하고 자울재라는 재를 넘어가게 되었다. 가마를 메고 가던 사람들이 왜 이렇게 도망만 치느냐고 물었다. 그 무서운 도술을 이럴 때 안 부리면 언제 부리려고 아껴두느냐는 소리였던 모양이다. 그러자 이방언은 "낸들 어찌하리" 하고 크게 탄식을 했다. 이 소리를 들은 가마꾼들은 그 자리에 가마를 놓고 도망쳐버렸다. 그들이 메고 다닌 것은 호풍환우의 신통력을 지닌 도인이었는데 이 한 마디 탄식으로 자기들과 똑같은 범인이라는 것을 알게 되자 혼비백산, 자기들 살길을 찾아 도망친 것이다. 신화가 깨지는 마지막 모습이었다.

"낸들 어찌하리"란 소리는 그 뒤 우스갯소리로 세간에 퍼졌다고 하는데 이것은 당시 농민군의 의식상태를 엿볼 수 있는 귀중한 자료인 것 같다.

하여간, 동학농민전쟁은 이 석대들전투를 마지막으로 이방언의 탄식소리와 함께 최후의 막을 내렸다.

내가 장흥에 조사를 갔을 때는 묘한 우연과 부딪혀 감회가 착잡했다. 내가 갔던 바로 그다음 날이 이방언 장군 묘에 그 후손들이 처음으로 비를 세우는 날이었다. 이방언 장군의 출생지인 용산면 묵촌(容山面 墨村)에는 이종찬 씨 등 그 후손들이 살고 있는데, 88년 만에 비를 세우고 있었다. 10여 기가 들어차 있는 가족묘지 한쪽에 이 장군의 묘가 평범한 크기로 끼어 있고, 또 어디

송기숙

서나 볼 수 있는 평범한 비가 세워지고 있었다. 초청된 사람들도 일가들이나 그들의 개인적인 친지들뿐이었다. 불청객인 나도 거기 끼어 이엉 가닥 위에서 술잔을 기울이며 감회에 젖었다.

내 감회가 유독 착잡했던 것은 이방언 장군의 출생지인 이 용산면은 바로 내 고향이었기 때문이다. 거기서 우리 동네까지는 10리밖에 되지 않는다. 그러나, 나는 석대들전투도, 이방언 장군 이야기도 전혀 모르고 자랐다. 초등학교·중학교·고등학교까지를 여기서 다녔는데, 그런 소리를 들어본 일이 없다. 단군왕검이 어떻고, 김유신 장군이 어떻고 아득한 옛날이야기는 국사 시간에 배웠지만, 바로 내 고향에서 있었던 이런 엄청난 일을 학교에서 배운 일도, 책에서 읽은 일도 없었다. 내 곁에 살아 있는 역사는 놔두고 머나먼 옛날의 역사만 배웠던 것이다. 이방언 장군과 한집안으로 그 이웃 동네서 자란 내 친구에게 얼마 전 이방언 장군을 물었더니 의병 땐가 동학 땐가 모르지만 그런 이가 있었다더라고 할 정도였다. 이것이 여태까지 동학농민전쟁이 우리 현실에서 대접받아온 실상의 한 표본이라 할 것이다.

_「동학농민전재의 발자취」 중에서

정자나무와 주막과 장

어느 동네나 커다란 정자나무가 있다. 동네 골목길은 그 정자나무 있는 곳으로 모이는 경우가 많고 그 길은 거기서 바깥세상, 곧 서울이나 도청 소재지나 군청 같은 대처에서 오는 큰길과 만난다. 그 큰길이 동네서 가까울 경우 그 삼거리에 주막이 있는 경우가 많다. 그 주막에서 술을 마시던 동네 사람들은 대처에서 오던 사람들과 만나게 되고 거기서 대처 소식을 듣는다. 그러니까 주막은 세상소식이 교환되는 장소기도 했다. 그러니까 바깥소식은 이 주막과 닷새 만에 서는 장날에 들어오거나 이따금 나가는 나들이꾼들이 물어온다.

그런 소식이 여름에는 정자나무 아래서, 겨울에는 동네 사랑방이나 동각(회관)에서 동네 사람들한테 퍼지고, 잠자리에서는 마누라들한테 전하며, 마누라는 아침에 동네 우물가에서 전하고, 입이 잰 여자는 일삼아서 집집마다 퍼뜨리고 다닌다. 그게 사회적이거나 정치적인 문제일 때는 그때마다 한바탕 토론이 벌어진다. 그러니까 그런 정보도 하루 사이면 온 동네에 거의 퍼지고 여론까지 형성되는 셈이다. 이런 점에서도 마을 구조는 그만큼 기능적이었다.

대개 닷새 만에 서는 장은 정보교환 장소로도 기능을 했다. '남이 장을 가니까 나도 장에 간다'는 속담은 주책없이 남이 하는 대로 따라 하는 경우를 비웃는 말이지만, 장은 꼭 무엇을 팔고 사러 가는 것만은 아니었다. 장날은 닷새 만에 하루 쉬는 날이기도 하여 사람 구경도 하고 세상소식도 듣자고, 그냥 그렇게 나들이를 하는 사람도 있었다.

먼 데 사는 일가들은 거의 장에서 만나고 그들 소식도 장에서 듣는다. 혼담 같은 중요한 일 또한 장에서 이루어지는 경우가 많았다.

"우리 조카가 설 쇠면 열여덟인데 자네 동네 좋은 규수감 없나?"

"그 아이가 벌써 그렇게 됐어? 우리 동네 참한 규수가 있으니 내가 한번 알아보겠네."

일반 사람들이 혼인하는 권역, 곧 혼권(婚圈)은 대개 이 장을 중심으로 형성되었다. 양반들은 장에 가지도 않았지만 그들은 전체적으로 수가 적기 때문에 혼처를 구하기가 쉽지 않아 혼권이 그만큼 넓었다. 그래서 초상이 나면 상민들은 대개 삼일장이지만 양반들은 오일장, 칠일장이었다. 부고를 들려먼 데로 시집간 딸이나 친척들한테 보내고 그들이 오려면 시일이 걸렸던 것이다.

_「마을, 그 아름다운 공화국」중에서

송기숙

박문종

장흥 홍탁 주회도

잿빛 바다는 바람이 있는지 너울이 크다. 방파제에는 낚시꾼 하나 배 두어 척 한가롭기만 한데 챙 넓은 쟁반을 머리에 인 아낙은 뭐가 그리 바쁜지 잰 걸음이다. 쟁반에 뭐가 들어 있을까? 긴 방파제를 따라 저 끄트머리 사내들 몇이서 안달복달이다.

　주말 산행 끝내고 저 아래 갯가로 쫓아 내려간 곳 바다 회진은 탁 트인 전망이 좋다. 평소에 한번 가보고 싶었던 곳이다. 전어철, 거기에서 꼬순 내 나는 전어 썰어놓고 오후 한때를 질펀하게 보냈으니 거기에서 얻은 그림 한 점. 이름하여 〈율포전어주회도(栗浦錢魚酒會圖)〉. 오래전 일이다. 옛 그림 속에 서 '계회도(契會圖)'라 하면 모임의 소상한 기록물이어서 행사장 그림뿐 아니라 참가자 명단 등 시시콜콜 다 적게 돼 있었는데, 내 그림 속에는 꾼들 이름자가 파고가 심한 바다에 떠다니고 있으니 그날의 치기를 다 감추지 못했다.

　산과 바다가 섞이는 곳, 그러니 생기는 것도 많아 산이 내주고 갯가가 내주고 사람이 내주고 삼박자가 척척, 그러니 가락 수가 멋들어지고 맛 또한 구성지다. 그래서 장흥 삼합(버섯, 키조개, 한우)이라는 수식이 붙나 보다.

"오매 정분 나겠네." 시절은 만화방창(萬化方暢)이요, 벚꽃 흐드러진 날 흐르는 물은 손가락 사이를 간지럽히고 토요장 일대 언덕 산길을 돌아 나오는 답사 코스는 그 어느 곳의 봄날과도 바꾸고 싶지 않을 만큼 눈부셨다.

그러나 막상 잘 꾸려진 시장에 들렀을 때는 보이는 게 없었다. 토요장이니 장이 서지 않아서 간간이 문 연 집만 있을 뿐 괜히 기웃거리다가 말 것인가.

오후 늦은 시간 좀 빠진 집이면 어떠한고, 그냥 빨려들 것 같은데…….

일행에 뒤처져서 떼장이라도 부리듯 시장을 막 빠져나오는 순간 이심전심이라고 동행하던 김지원 작가가 "이런 곳, 어때요?" 한다. 역시 화가의 눈은 그림 그릴 때만 쓰라고 있는 것은 아닌 모양이다. 그늘진 곳을 바로 알아봤으니 우리는 기어이 쓸 만한 집 하나를 찾아내고야 만 것이다.

다닥다닥 붙은 점포 사이에 낀 집. 그냥 지나치기 십상이어서 하나 둘 셋 뒷걸음쳐 그 집(우포 아라리요 주점)으로 빨려 들어간다. "홍어앳국 돼요?" 하며 들이닥치는 일행. "앳국만 있겠소?" 손님 청 웬만하면 들어줄 것 같은 후덕한 인상의 주인 임우향 씨는 "아따, 젊어서 한가락 했겠소. 인물이……", "지금도 볼 만하지라" 하며 시답잖은 대거리를 가볍게도 받아친다.

송기숙

대번에 앳국에 홍어점까지 딸려 나온다. 어째 좀 본말이 전도된 느낌이지만 하여튼 홍탁의 완성을 본 것이다.

홍어점을 기름소금 찍어 어금니에 지그시 물고 막걸리 사발 목 넘김이 개운한데 목구멍뿐 아니라 여러 신체 기관이 작동하는 아이고! 소리가 절로 난다. 곡(哭)소리 나는 맛이라고나 할까. 미적지근한 일상을 일깨운다. 먼저 이동하는 일행을 따라잡아야 한다 하면서도 딱 한 잔이 두 잔이 되고…… 홍어는 존재감 또한 대단해서 먹을 수 있다 없다 호불호가 분명하고, 감흥은 있으나 감동시키는 맛은 아니어서, 또한 양으로 먹는 음식도 아니어서 고작 몇 점 젓가락이 가면 그만인데 열성 팬을 거느리는 카리스마 넘치는 음식인 것이다.

그러다가도 전라도에선 '홍어 좆' 되는 수가 있다. 시비에 휘말리거나 싸가지없이 굴다가 내몰리거나 당하는 경우를 말하는데, '맨 맛 헌 게 홍어 좆'이라고 사람 싸움에 괜한 홍어만 죽어나게 생겼으니 이런 억울할 때가……. 한갓 어물에 빗대기는 하지만 분명한 것은 사람 간의 갈등구조에서 쓰이는 말이다.

홍어는 가오리과 어류인데 생식기가 두 개여서 가격차이 때문에 수컷의 심벌이 속절없이 잘려나간다는 데서 유래된 말이다.

"그래, 내가 홍어 좆으로 보이냐?" "같잖은 간제미 좆이 둘이라고, 짜식이." 이렇게 되면 지는 잘난 게 뭐 있어서 나를 업신여기느냐가 되는데, 흥미로운 것은 이 경우 수세와 공세를 동시에 구사한다는 점이다. 홍어 X이나 같잖은 간제미나 약자의 대명사 같은 것이라면 간제미는 쓰임이 조금 다른데 '같잖은'이라는 비아냥이다. 은연중 하나밖에 없는 것이 둘 가진 것에 대한 부러움과 온갖 시샘이 묻어나는 말이기도 하다. 처한 상황과 어감에 따라 다양하게 사용하는데 요즘은 자주 쓰는 말은 아니지만 낫살이나 먹은 이들 입에서, 이런 허름한 집에서 불쑥 튀어나올 것 같지 않은가.

박문종

동네 술집의 하이라이트는 역시 쌈 났을 때다. 사흘이 멀다 하고 동네가 시끌벅적한데 술꾼들 싸움질이라는 것이 대개는 사소한 것에서 시작해서 승도 패도 없이 싱겁기 짝이 없다. 그래도 구경 중에 강 건너 불구경, 쌈구경이 최고라! 요즘은 기어이 패트롤카가 뜨고서야 구경꾼들이 갈리게 되어 있다.

이치대로라면 저 아래 갯물도 한번 뒤집혀야 뭇 생명이 숨을 쉬듯 인간 세상도 마찬가지가 아닐까.

술집도 묘처는 있다. 한 번 꺾은 집, 두 번 꺾은 집, 요즘은 쉽지 않은데 큰길에서 골목으로 접어 들어가면 대로변이 주는 번다함과 달리 옴팍한 집이

장흥 주회도 종이에 먹, 황토, 70×43cm, 2016

그것이다. 이 집은 한 번 꺾어 들었지만 시장의 후문과 연결되어서 그렇게 북적이지도 한가하지도 않은 곳이다. 결정적인 것은 뭐니뭐니해도 내는 안주발이 서느냐 마느냐인데 수족관에는 가까운 데서 나는 생물이 좋고 주인의 입심과 푸짐함이 이 집의 합격점이라고 보는 것이다.

벚꽃 흐드러진 날 그 꽃잎을 잔에 띄웠으니 그 술의 각별함을 어찌 맨입으로 다할까. 답사 마지막 날 잔치는 끝났고 다시 찾은 집이 이 집이었다. 말이 씨가 된다고 그 전날 그 집 나서며 "날구지 하면 또 봅시다" 했더니 정말 비가 왔다. 빗속에 답사 일행은 떠나고 버스시간 핑계 대고 찾는다고 찾은 집이 도로 그 집이었으니.

낙오자(?) 몇이서 술상 놓고 편집후기 같은 분위기가 연출되었다. 술 탓인가? 뭘 얼마만큼 보고 다녔기에 아무것도 생각나는 게 없을까. 비는 추적거리고 아까부터 노닥노닥 동네 사람들 이제 그만 일어나야 한다면서도 다시 앉기를 벌써 몇 번, "아따, 갑오징어가 징하게 좋네." 요즘 제철이어서 살이 달다며 자기네들끼리만 먹기 뭐하다며 한 사라 시켜주고 가는 의리를 보인다. 멋져부러! 갑오년하고는 별 상관없을 것 같은 갑오징어는 투구로 무장한 생물, 오늘 기꺼이 먹물 입에 묻히게 생겼다.

팔레트에 잘 개어놓은 검은색 물감처럼 진덤진덤 윤기 자르르한 접시를 정정엽 작가는 냅다 벽에 금이라도 낼 것처럼 사정없이 덩어리 큰 걸 그려놓았으니, "저것이 뭐시여, 천관산이여!" 이 집은 물론 근동을 통틀어 벽이 이런 수난을 겪기는 처음이었을 터, 주인장 안색을 살폈더니 이내 한통속이라 벌건 김치 가닥을 움켜쥐고 황토산 하나를 문대고 말았다. 이제부터는 너도 나도 손에 잡히는 것이면 화구가 된다. 이대흠 등 시인들이 추임새를 넣자 천관산이 불려 나오고 박건 박수만 쓰리박이 동원되어 자―응 인물이 탄생하는 순간이다.

박문종

예사롭지 않은 그림을 두고 잔여 잔을 놓고 노닥거리던 동네 술꾼들까지 합세해서 찬을 한마디씩 하는디, "워메― 사자산 같은디? 힘차네", "아니, 뭔 소리여, 제암산 아니라고!" 술 한 순배씩을 돌리더니 "뾰쪽뾰쪽한 게 천관산 맞구만 뭘 그래⋯⋯." 빗소리는 점점 굵어지고 방송에서는 남부지방에 한때 비 어쩌고저쩌고 우리도 그만 인날 시간이다. 기다린다는 버스는 한 대가 갔는지 두 대가 갔는지⋯⋯ 사람이 노는 것 중 재미진 게 있다면 여자 남자 노는 것과 술상 봐놓고 노는 것이렷다! 거기에 그림까지 그렸으니 오늘 집에 가긴 글렀다.

어떤 경우든 끝물일 때가 절실한 법인가. 2016년 4월 3일 저녁시간, 장흥에서 잔여세력은 점점 패잔병이 되어갔다.

청송녹죽 가슴에 꽂히는

'보성 가서 주먹 자랑 하지 말고, 순천 가서 인물 자랑 하지 말고, 여수에서 돈 자랑 하지 마라' 했다. 다 옛말이지만 괜히 벌교 가서 시비 붙었다가 하대 치 같은 인물이나 만나면 치도곤이를 치를 것 같고 순천 가서 지나는 아가씨 만 봐도 역시 순천이군! 할 것 같지 않은가.

강진, 해남은 또 어떤가? 그쪽 동네에 가서 잘 묵고 왔다는 것으로 자랑거리가 된 지 오래. 그 사이에 낀 장흥은 그냥 지나치기 일쑤였다. 그러던 것이 쥐구멍에도 해 뜨고, 음지가 양지 된다고 장흥을 "자—웅(혓바닥 놀리기 귀찮아) 사람이요" 하고 힘을 뻘겋 쓰는데, 어쩌면 영감님 장에 가듯 느린 글쓰기가 사람 잡는다. 글을 쓴다는 것은 귓불을 스치는 바람보다, 그림 그리기보다, 사진 찍기보다 더 빠른 법인가? 한참 뒷심을 발휘하는 중이니 말이다.

그렇게 따지면 이제 '장흥 가서 글 자랑 하지 마'가 되는 셈인가? 산이 그렇고 물이 그러할진대 사람인들 어떠할까. 거기에 펼쳐진 논과 밭이 쉬운 책장 넘기듯 수월하다가도 한 번씩 예각을 세우는 센스. 산은 우리를 잠시도 가만두지 않는다.

송기숙

답사 내내 긴장을 늦추지 못하는 이유다. 천관산, 억불산을 두고 앞서거니 뒤서거니 "저거 남근석 아니요" 하는 말에 옆자리 방 작가는 "인물석 같은데요?" 굳이 입씨름이 아니더라도 이 고장 사람들에 의해 이미 판명되고 있지 않은가. 문향이라 했으니 말이다.

천관산! 예사롭지 않은 산.

대꼬챙이처럼 날카로운 바위들로 촘촘히 들어박혀 동학의 기운이 느껴지는데 마지막 불꽃이 사그라지고 만 그 원을 대신할 것 같은 먹먹함이 서려 있

천관산 종이에 먹, 황토, 147×130cm, 2016

다. 후대에 이르러 쇳돌에 간 것처럼 번뜩이는 붓꽃 같으니.

천관산 → 죽봉 → 문필봉 → 연필봉? 이런 등식이 가능할지 모르겠다. 어느 고장인들 이런 산 하나 있으면 당연히 필봉으로 정해놓고 정한수 한 사발 바치는 정성을 아끼지 않았을 터이니 말이다.

> 새야 새야 파랑새야. 네 무엇하러 나왔느냐
> 솔잎 댓잎 푸릇푸릇. 하절인가 하였더니
> 백설이 훨훨 휘날리니 청송녹죽이 날 속인다.
>
> _ 〈뿌리 깊은 나무〉 장흥 편에서

이는 동학혁명 뒤 조금씩 다르게 불리던 노랫말인데, 청송녹죽(青松綠竹)은 동학정신을 이르는 말이고 파랑새는 팔왕(八王)으로 全자를 푼 것으로 전봉준을 의미한다. 시절 운이 없어 뜻을 이루지 못하고 패퇴하고 만 한스러움을 노래한 시다.

송기숙

> 청송녹죽 웬 말이야?
> 늙은 동백이 간판 내걸고 주인 노릇이라니,
> 저 산 알고 저 물 알거늘.
> 그 꽃 좀 지우시라!
> 천길 그림자 저 솔 참 속없다.
> 봄날 지나는데 동백이 지분 바르고 반기네.
>
> _ 동백정에서

산이 하나 지나면 바다 하나 지나고 또 산이 지나면 갯벌에 이르러 갯가 것들은 간이 배어 있어 저절로 맛을 낸다. 바로 발아래 망둥어며 조갯살들

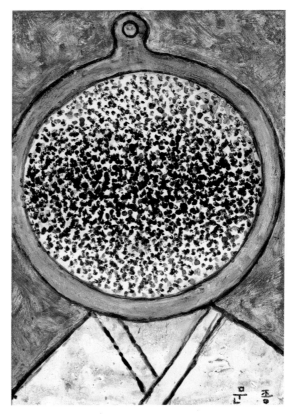

박문종　　　　　　　　　　　　　　　　청송녹죽 1 종이에 아크릴, 황토, 36×51cm, 2016

세상일 텐데 들물 때여서 좀체 민낯을 보여주지는 않는다. 바다도 뭣도 아니어서 갯가가 되었다는데 거기 숨어든 것들은 많기도 할 것이다. 이중섭의 게 그림처럼 조무래기들이 새까맣게 들러붙어 첨벙거리는 자맥질에 재미난 유년을 보냈을 터, 깨알 같은 시어(詩語)들이 숨 쉬는 이런 곳에서 자란 이가 시인이 아니고 무엇이 되기를 바랄 것인가?

　소설가 송기숙 선생님의 고향 마을을 찾는 길은 다른 작가의 그것과 별반 다르지 않았는데 평지를 지나 구릉이 밭으로 이어지나 싶더니 이내 산이 우리를 가두고 있었다. 마을 앞 고샅이 시작되는 들머리 집 텃자리만 겨우 확

89

인할 수 있었는데 지금은 평범한 농가 주택에 다름 아니어서 캐볼 것도 말 것도 없이 물러서야 했다.

이런 막막할 데가—산 첩첩이어도 능선이 곱다. 마치 진달래 꽃잎처럼, 형국으로 말하자면 연잎 같으니 두 손 모아 받쳐 들면 물길 하나 겨우 샐까 말까. 널리 이해해서 해변 산중 맞다. 가옥 수가 얼마간 되는 마을인데도 소 쟁기 채울 만한 논농사는 보이지 않고 밭뙈기가 대부분이니 산 반 밭 반인 마을. 코흘리개 아이들 어지간히 땔감나무 해 나르며 잔뼈가 굵어졌을 것 같은 소년 기숙도 그 언덕배기에서 청운의 꿈을 꾸었을 터, 외람되게도.

> 뒷산
> 앞산
> 옆산
> 수 산꿩 앓는 소리
> 어디 가지 못하고
> 기숙 기숙 기숙 기숙⋯⋯
>
> _ 송기숙 선생님 탯자리에서

송 기 숙

답사 여행에서 돌아와 작가가 예전에 촘촘히 엮어낸 열두 권짜리 장편『녹두장군』을 다시금 훑어보니 작가의 유년이 어렴풋이 읽히기도 하는데⋯⋯.
책 들머리에서 얼마 되지 않아 한 대목 만난다. 달주는 부치던 소작을 내놓는 처지가 된다. 마침 스승 전봉준의 부름을 받고 집을 나서는 길에 지주 감역의 집을 찾게 되는데 작은 주먹만 한 종이 뭉치를 논 주인 앞에 내놓는다.

●
●
●

"이것이 뭣인디?"

감역은 다시 달주를 건너다봤다. 그러자 달주가 뭉텅이를 집어다 풀기 시작했다. 서너 겹을 풀었다. 감역 앞으로 밀어놨다. 시커먼 흙이었다.

"아니, 이것이 멋이냐?"

감역은 튀어나올 것 같은 눈으로 흙과 달주를 다급하게 번갈아 봤다.

"보시다시피 논흙입니다. 저 앞에 텃논은 우리 할아버지께서 어렵사리 마련한 것이었습니다. 그것이 감역 나리께로 넘어가게 되자 우리 아버님께서는 너무도 애석하셨던지 병석에 누워 계시면서 저더러 그 논에서 흙이라도 한 줌 파오라 하시기에 파왔습니다. 그랬더니, 그걸 소중하게 간직해노셨습니다. 그런디 곰곰이 생각해본 게 벌써 팔려버린 논에서 흙을 파온 것은 하찮은 흙 한 주먹일망정 남의 것을 가져온 것이었습니다. 마저 돌려드리려고 가지고 왔습니다."

달주는 의젓하게 말했다.

"머, 멋이?"

튀어나올 것 같은 감역의 눈이 더 튀어나오며 말을 더듬거렸다.

"안녕히 계십시오."

달주는 봇짐을 들고 자리에서 일어서버렸다. 문을 열고 밖으로 나왔다.

"아니, 달주야!"

감역은 큰 소리로 불렀다. 노기가 서려 있었다. 그러나 달주는 대답하지 않고 마당을 나서고 있었다.

_『녹두장군』중에서

박문종

내게 이럴 수가 있단 말이냐 하고 주인이 재차 불렀을 때 달주는 안녕히 계시라는 인사를 정중히 하고 나온다. 달주는 소설의 주요인물로 등장한다.

우리에게 땅이란 무엇인가. 뼈저리게 하는 대목인데 험상궂은 시절 땅 한 뼘 늘려 먹자면 목숨을 걸어야 하는데 요즘으로 보면 격세지감이라고 해야 할까?

농사의 홀대는 당연시되는 세태니 말이다.

작가의 지난했을 유년이 생가터와 함께 오버랩되었다. 그러니 애 어른이라고 공부 열심히 하기로 부모님과 일찍부터 합의 봤을 것이고 대처의 큰 학교에 다닐 때는 예의 그 문필봉을 가슴에 새겼을 터. 작가의 빈터를 확인하고 쩝쩝 동리를 나서는 길, 동각에선 막간의 술판이 벌어지고 있었다. 선생님 연배쯤 돼 보이는 마을 주민은 마을에 든 손 그냥 보내는 게 아니라며 아심 찮다(여러모로 아쉽고 서운하다) 하시면서 탁배기 잔을 돌린다. 시큼한 김치 보세기에 막걸리 한 사발이라! "잘 묵고 갑니다. 선생님."

송기숙

박건

삶과 예술을 하나로

하나같은 죽음도 여럿
거사 고사 교사 미사 악사 약사 추사 호사
최진실, 정몽헌, 노무현 같은 자사도 있지
인기, 돈, 권력, 하늘길에 연등, 바닷길에 풍등
그 길이 인생길, 고행길이 축제의 길

박건

알 수 없어서 잊을 수 없는 참사 있지
배 밖에서 구조될 거라 믿었어, 근무시간 네네……
배 안에서 구조를 믿고 기다렸어, 7시간 내내……
구조는 없었어, 알 수 없는 탈출만 있었지
네내네내네내네내 말이 안 되지
죽는 게 죽는 게 아냐…… 바다도 바다가 아냐

담장 아래 피고 지는 꽃들을 보았네
먼 길 돌아 장흥길에서 만난 작가들

가슴앓이섬 피그먼트 프린터, 47×31.5cm, 2016

앞서거니 뒤서거니 함께 걸었네 나란히

식탁에 올라온 음식 황홀했지 7,000원

너희들이 밴드를 알어? 끼맛을 아러?

타카피와 폰부스의 충만한 끼와 흥! 장흥!

시인의 옛길과 집을 찾았지 살아 있는 문집

송기숙

모든 길은 로마길로 통해? 모든 길은 옛길 새길 장흥길로 통해

문학길도 시대의 삶과 닿아 있지! 닮아 있지

무수한 사상과 책들이 출몰, 침몰하는 세월호

세월을 건져, 진상을 밝혀, 너와 내가 살 길, 갈 길

가슴앓이섬, 득량만, 분홍나루, 장흥길에 바닷길이 겹쳐

분홍나루 피그먼트 프린터, 47×31.5cm, 2016

사람이 곧 하늘! 분노는 하늘을 찔러, 갑오년 농민들 불을 질러

대동 세상을 향한 봉기, 팔도로 번지는 불길, 최후의 불꽃

장흥 출신 녹두장군 소설가, 80년대 행동하는 작가 송기숙

대동 세상을 향한 기층민중정신을 우화로 그려, 투견

삶과 예술을 하나로, 더불어 함께 아트포스터 깝쳐

박견

이승우

이승우는 1959년 전남 장흥에서 태어나 서울신학대학교를 졸업하고 연세대학교 연합신학대학원에서 수학했다. 1981년 소설『에리직톤의 초상』이『한국문학』신인상에 당선되며 작품활동을 시작했다. 인간의 내면과 현실의 이면을 철저하게 파고들어 자신만의 세계관과 문제의식을 집요하게 구축한 작품들을 통해 한국의 대표적인 작가로 자리매김했다. 작품으로는『에리직톤의 초상』,『독』,『식물들의 사생활』,『한낮의 시선』,『그곳이 어디든』,『끝없이 두 갈래로 갈라지는 길』,『태초에 유혹이 있었다』,『신중한 사람』,『일식에 대하여』,『오래된 일기』,『구평목씨의 바퀴벌레』,『심인광고』,『사람들은 자기 집에 무엇이 있는지도 모른다』,『목련 공원』,『미궁에 대한 추측』등이 있다. 대산문학상, 동서문학상, 현대문학상, 황순원문학상, 동인문학상등을 수상했다.

소설가 이승우 문학지도

2018

(생의 이면)
솔치재

☐ 관산중학교

관산

황포개
(일식에 대하여)

신동리 (생의 이면)

모래미

(정읍의 노래)
(식물들의 사생활)

○방촌

○평촌

가스마리섬
(샘섬)

정남진
(정읍의 노래)
(식물들의 사생활)

이승우의 소설길은
초록색이다

이대흠

이승우의 소설길은 초록색이다. 초록은 낮고 여리고 조용한 색이지만, 잠깐 한눈팔다 다시 들여다보면 어느새 우거져 있다. 이것은 언뜻 보면 단색처럼 보이지만, 자세히 들여다보면 그 안에는 갖가지 색의 꽃이 있고 열매가 있다. 나비며 잠자리가 있고 새와 토끼와 다람쥐가 있다. 더 자세히 들여다보면 이슬방울 같은 요정이 있고, 아직 가보지 못한 시간이 있다.

초록은 대지가 아니지만, 대지의 에너지가 가장 충만하게 반영된 색이다. 초록은 대지의 젖먹이며, 다른 생명체의 어머니다. 초록은 대지의 장자인 식물의 색이며, 태양에 가깝고, 계절에 순응한다. 초록이 없다면 인간은 숨조차 쉴 수 없다. 초록은 자신을 드러내면서 감춘다. 초록의 감춤은 쉼이고, 초록의 드러냄은 삶이다. 초록은 지치지 않고 자신을 이야기한다. 날이 뜨거울수록 더욱 열심히 세계를 넓히고, 그러는 과정에서 다른 생명체를 먹여 살리고, 그 그늘에 지친 동물들의 쉼터를 제공한다.

이승우 소설의 초록을 한자어로 말하면 검을 현(玄)이다. 그 안에는 검은색, 흰색, 빨간색, 파란색 등 온갖 색의 이야기가 빈틈을 메우고 있다. 처음 볼 때는 농담으로만 이루어진 듯 보이지만, 자세히 보면 색감이 돋보인다. 그의 초기작이랄 수 있는 『생의 이면』이나 『에리직톤의 초상』 같은 작품은 서술자인 내가 나에 대해서 집요하게 이야기한다. 이미 끝난 것 같은 이야기 속에 또 다른 이야기가 숨어 있다 나온다. 문장은 집요하고 완고하다. 탐구정신으

99

로 가득 찬 서술자가 끊임없이 이야기한다. 언뜻 단조로워 보이는 서사인데 깊이 파고들수록 단순하지 않다. 역설과 패러독스가 소스처럼 곁들여져 있다. 하지만 양념이 재료 본래의 맛을 해치지 않는다.

이승우는 초록처럼 끊임없이 자기를 이야기한다. 여기에서의 '나'는 물론 서술자인 '나'다. 하지만 주제의식과 관련지어 보았을 때, 이승우 소설에서의 나는 '개인'이라고만 볼 수 없다. 소설 속의 '나'는 인간이라면 누구나 가지고 있음직한 질문을 던지고, 그것을 극복하기 위해 노력한다. 여기에서의 질문은 스스로의 자문일 수도 있지만, 어떤 사건에 의해 외부로부터 주어지는 경우가 많다. 소설 속의 나는 『내 안에 또 누가 있나』라는 질문을 던지는 나며, 「나는 아주 오래 살 것이다」라면서 소설을 사(『소설을 살다』)는 나다. 이러한 소설에 일관되게 흐르는 주제의식은 나는 어디에서 왔으며, 무엇 때문에 살고 있고, 어디로 가고 있는가라고 요약할 수 있을 것이다. 이는 존재의 근원에 대한 것이며, 인간의 실존에 관계되는 것이다.

작가 이승우의 고향은 관산읍 신동이다. 작가는 고향에서 초등학교를 마치고, 중학교에 다니다가 고향을 떠나게 된다. 그 기간의 성장과정이 비교적 잘 드러나 있는 소설은 『생의 이면』과 『지상의 노래』다. 또한 『식물들의 사생활』에 나오는 '남천'의 실제 지명을 '관산'으로 추정했을 때, 소설의 주요 배경은 그의 고향인 신동이다. 물론 소설은 전기가 아니기에 사실과 같지는 않다. '나'는 '다른 나'로 왜곡되며, '나'의 실체를 향해 나아가는 게 소설 속 주인공이 아니던가. 하지만 아무리 깊이 있게 파고들어도, 아무리 입체적으로 조망해보아도 '나'의 실체는 온전히 밝혀지지 않는다.

개괄하면 이승우의 소설적 공간은 그의 고향을 배경으로 한 것과 그렇지 않은 것으로 구분할 수 있다. 그가 고향을 배경으로 쓴 소설에는 대체로 고향의 풍광이 잘 나타난다. 물론 소설이기 때문에 그러한 공간소가 실제의 공간과는 다소 차이가 날 수밖에 없다. 하지만 그의 소설에 나오는 공간은 그의 고향인 관산읍 신동이거나 혹은 그곳으로 추정되는 곳이 다수 차지한다. 가슴앓이섬(「샘섬」), 정남진(「정남진행」), 장천재(「일식에 대하여」) 등이 직간접적으로 작품에 등장한다. 이러한 소설 속 주인공들의 공통점은, 그들이 가지고 있는 상처가 구체적인 사건에 의한 것이며, 주인공들은 자신의 내상을 치유하기 위해 노력하지만 완전한 치유에 이르지 못한다는 점이다.

그렇지만 이승우의 소설 중 고향을 배경으로 하지 않는 것이 더 많다. 「목련공원」이나 「구평목 씨의 바퀴벌레」처럼 구체적인 장소인 경우도 있고, 「사령」, 「미궁에 대한 추측」, 「선고」, 「동굴」에서처럼 상징성이 강한 장소일 수도 있다. 하지만 어떤 상징적 공간이건 거기에는 고향에서의 원체험이 바탕에 깔려 있고, 그것을 바탕으로 한 이승우의 문학적 사유는 전 지구적으로 번지고 있다. 따라서 그의 고향은 장흥의 한 어촌마을인 신동에 제한된 것이 아니라, 한반도를 넘어 인간이 사는 모든 곳이라 할 수 있다. 그래서 그의 고향은 장흥 신동 마을이 아니라 지구 마을이다.

고향,
문학적 유전자의 원천

이승우

한반도의 정남쪽
정남진

중학교 동창 모임에 참석한 한 사진작가
가 자기 고향 이야기를 했다. 그가 서울로 전학을 오기 전 초등학교 6학년까
지 살던 고향집이 돌담 하나로 바다와 경계를 이루는 바닷가에 있었다. 바닷
가에서 돌을 주워 담을 쌓았는데, 파도가 자주 그 돌들을 원래 있던 자리로
돌려놓고는 했다. 그때마다 사람들은 다시 돌들을 주워 담을 쌓고, 바다는 다
시 파도를 몰고 와 담을 헐어내고는 했다. 사진작가는 파도가 돌담을 핥을 때
는 사르락거리는 소리가 났다고 회고했다. 그녀에게는 10년쯤 선배가 되는
그 사진작가는 물과 돌이 애무를 할 때는 사르락거리는 소리가 나는 법이거
든, 하고 마치 자기만 아는 성에 대한 정보를 제공하는 열 몇 살짜리 소년처
럼 우쭐댔다고 그녀는 말했다. 파도는 길고 날렵한 팔을 돌담 위로 뻗어 마당
까지 넘실대기도 했다. 폭풍우를 몰고 오는 날은 문에 발린 창호지를 적셨다.
한사리 때는 바닷물이 모래밭 위로 난 길까지 덮어버렸기 때문에 바지를 걷
고 신발을 벗고 걸어가야 했다.

듣고 있던 누군가가 촌놈이 출세했군, 하고 농담을 건네자 그 사진작가가
정색을 하고 받았다. "암, 출세했지. 그런데 나만 출세한 게 아니야. 우리 고
향 마을도 출세를 했어. 알 수 없는 게 운명이라더니, 장흥군 관산읍 신동

3리 모래미 마을, 여기가 글쎄, 요즘 제법 매스컴을 타고 있는데, 너희들은 모르냐? 매스컴의 혜택도 제대로 못 받으며 지내는 너희 같은 진짜 촌놈들은 아직 잘 모르는 모양인데, 내가 신발 벗고 바지 걷고 건너던 그 바닷가가 정남진이란다. 정남진. 그 지역 출신 화가가 기념 조형물을 만들어 내가 돌 주워 담 쌓던 자리에다 세워놓았더라.

(······)

뭐, 거기 바다나 산이나 길이 특별하다고는 말하지 않겠다. 거기보다 경치 좋은 데는 물론 많지. 중요한 건 산천이 아니라 산천에 부여된 상징이라는 거, 그게 내가 말하고 싶은 요점이다. 거기가 말하자면 정남진, 한반도의 정남쪽이란 말이다. 한반도가 큰 나무라면 수분을 공급받기 위해 뿌리내리고 있는 물이 그곳 바다인 셈이지. 존경하는 선배, 동료, 후배 여러분, 이 놀라운 상징을 찾아 한 번쯤 차 몰고 갔다 올 만하지 않은가." 그러면서 사진작가는 자기가 찍어온 몇 장의 사진을 꺼내놓았는데, 바다에 떠 있는 낡은 목선과 모래밭에 불을 피우고 막 잡은 망둥이를 구워 먹는 천진한 아이들의 미소와 정남진이 한눈에 내려다보이는 천관산의 넓은 억새밭과 바다에 떠 있는 여러 척의 큰 배처럼 보이는 참한 모양의 섬들, 그리고 그 사이로 떠오르는 붉은 태양이 그럴듯하더라고 그녀는 말했다.

_ 「정남진행」 중에서

산이 바다를
토해놓은 듯

택시가 멈춘 곳은 바다가 내려다보이는 언덕 위였다. 흰 비늘을 반짝이며 몸을 뒤채는 바다가 눈을 시리게 만들었다. 깊은 산 속으로 들어가는 줄만 알았는데 바다라니. 바다가 나타나리라고 예상하지 못했기 때문에 나는 갑자기 눈앞에 모습을 드러낸 싱싱한 바다를 향해 아, 하고 짧은 탄성을 내질렀다. 마치 야생의 숲이 자기 품을 활짝 열고 그 안의 바다를 꺼내 보인 것처럼 여겨졌다. 야생의 숲이 자신의 옷자락 속에 바다를 품고 있다는 내 생각은 어딘지 신비스럽고 설화적인 데가 있었다. 신성하지 않은 숲이 어디 있을까. 모든 숲은 태초를 품고 있다. 숲은 최초의 신전이었고, 그 신전에서 어떤 나무들은 신성이 깃들인 것으로 숭배되었다.

(……)

바닷가 상점에서 음료수를 한 병 사 마신 뒤 언덕 위로 되돌아왔을 때 택시는 보이지 않았다. 어머니의 모습도 물론 보이지 않았다. 언덕에서 산 쪽으로 외줄기 길이 하나 나 있었다. 차는 들어갈 수 없는 좁고 가파른 길이었다. 키가 큰 풀들이 길을 덮고 있었고 양옆으로 나무들이 빽빽하게 늘어서 있었다. 그 길 말고는 다른 길이 없었으므로 나는 어머니가 그 길 속으로 걸어갔을 거라고 단정하지 않을 수 없었다. ……

나는 자동차를 언덕 위에 세우고 풀잎을 헤치며 걸어 올라갔다. 풀들은 사그락 소리를 냈고, 바람은 나뭇잎들 사이로 흔들리며 지나갔고 길은 가파른 편이었다. 어머니는 어디로 갔을까? 나는 길의 끝을 겨냥하고 조심스럽게 걸음을 내디뎠다. 가파르게 오르기만 하던 길이 곡선으로 휘어 돌아가는 곳에 이르자 평평해졌다. 그리고 막 휜 길을 따라 몸을 돌리자 저만치 앞쪽에 반짝이는 비늘을 튀어 올리며 몸을 뒤치는, 눈이 시릴 정도로 싱싱한 바다가 다시금 눈에 들어왔다. 마치 산이 바다를 토해내 놓은 것 같은 그 돌연한 장면의 전환 앞에 눈앞이 아찔했다. 하늘은 바다의 연장처럼 여겨졌고, 그 하늘에서 갈매기들은 떠다니는 것처럼 날아다녔다.

이승우

_『식물들의 사생활』 중에서

동두머리와 모래미

　　　　　　　버스는 삼거리에 나와 두 명의 여자를
떨어뜨리고 그 자리에서 몸을 돌리더니 시동을 끄지 않은 채 부르릉거리고
서 있었다. 아마 읍내로 나갈 손님을 기다리는 모양이었다. 아낙들은 잘 가
소, 하고 서로 인사를 주고받은 다음 각자 다른 길을 택해 걸어갔다. 돌판 위
에 흰 페인트로 각도기처럼 펼쳐 그려진 화살표가 이정표 노릇을 하고 있었
다. 화살표 끝에는 각각 동두머리와 모래미라는 이름이 적혀 있었는데, 씌어
진 지 오래된 듯 흐릿했다. 큼지막한 비닐봉지를 양손에 하나씩 든, 얼굴이
주름투성이인 여자는 도포 자락을 활짝 펼친 모양의 산 아래 오순도순 모여
있는 몇십 가구의 마을을 향해 휘적휘적 걸어갔고, 보따리를 머리에 인 다른
한 명은 모래미를 가리키고 있는 화살표 쪽 야트막한 언덕길을 향해 느릿느
릿 걸었다. 저 언덕을 넘어가면 바다가 펼쳐질 것이다, 그사이에 지각변동이
일어나지 않았다면, 하고 나는 여자의 뒷모습을 바라보며 속으로 중얼거렸
다. 그리고 여자의 모습이 보이지 않을 때까지 기다렸다가 터벅터벅 따라 걸
었다.

_「풍장」 중에서

방정아

가슴앓이 데칼코마니

장흥군 관산읍 신동리 바닷가에 도착한 버스에서 우르르 내린 우리 일행 앞에 펼쳐진 바다는 뿌연 호수 같았다. 점점이 빛나다가 짙은 갯내음과 함께 천천히 밀려오는 작은 물결은 눈이 부셨다.

　바다 한가운데에 길게 늘어진 작은 바위섬이 가슴앓이섬이라고 이승우 작가는 얘기했다. 나는 눈을 가늘게 뜨고 그 섬을 가만히 바라보았다. 작가의 어린 시절, 마을 사람들은 배를 타고 그리 멀지 않은 가슴앓이섬까지 노 저어가는 모험을 벌였고, 가슴앓이섬이 데이트 코스로 중요한 역할을 했다고 한다. 일행 중 많은 이가 낮은 탄식으로 동조했다. 바다 오른편으로 보이는 작은 초소는 문득 이승우 소설 한 편을 생각나게 했다. 주인공 후가 박 중위에게서 라면을 얻어먹던(『지상의 노래』) 장면이 그것이다. 예전에는 그곳에 정주군 60여 명이 있던 적도 있었다고 위선환 작가는 이야기했다.

　이승우 작가는 언덕을 천천히 넘어가며 주변 사람들과 담소를 나누거나 뒷짐 진 자세로 말없이 발길을 옮겼다. 나는 등을 돌려 뒷걸음으로 언덕을 올랐다. 조금 전 보았던 그 바다는 어느새 주변의 풀숲, 밭고랑, 보리밭과 어우러졌다. 한식을 앞두고 산소를 돌보던 할머니 두 분의 알록달록한 옷 색깔

이승우

106

가슴앓이 매핑코머니 캔버스에 아크릴릭, 190×52.7cm, 2016

숲이 되어가던 폐교 **캔버스에 아크릴릭, 190×52.7cm, 2016**

이 봉분과 대비를 이루어 한층 예뻐 보였다. 근처에는 정확하게 녹색인 풀들이 바람결에 머리카락 모양으로 살짝 누워 있었다. 남천이라는 곳도 이곳 어딘가에 숨어 있을 것 같았다.

작가의 소설 『식물들의 사생활』을 보면, 작중화자가 미행한 어머니가 당도한 장소가 남천이다. 그곳에서 화자가 몰래 엿보게 되는 장면은 그림을 그리는 나로서는 매우 강렬하고 아름다운 장면이 아닐 수 없었다.

어머니와 원치 않은 헤어짐이 있고 난 뒤 오랜 시간 만날 수 없었던 그녀의 연인은 이미 늙고 깊이 병들어 있었다. 어머니는 그를 야자수 아래 평상에 누인다. 행복한 미소로 어루만지고 이야기를 들려주다가 어머니는 벗은 몸을 그의 연인 위에 겹친 채 오래도록 껴안고 있다. 그것을 바라보는 화자는 조용히 돌아선다.

내가 바라본 장흥 앞바다 왼편의 나지막한 산길을 올라가면 야자수가 심 이승우 어진 조용한 집이 있을 것 같다는 생각이 든다.

언덕을 넘자 조금 전 드문드문 보았던 정확한 녹색이 다시금 광활하게 펼쳐졌다. 넓고도 넓은 농경지였고 간혹 붉은 기운 머금은 황토가 녹색과 아름다운 대비를 이루고 있었다. 또한 배경처럼 옆으로 길게 늘어진 산이 가운데 두 산봉우리를 중심으로 펼쳐져 있었다. 읍내로 가기 위해 넘어야 했던 재가 두 개의 산봉우리 사이 오목한 곳을 지그재그로 가르고 있었다.

지금은 터만 남은 이승우 작가의 생가는 멀리서 주황빛 점으로 보였다. 나는 그의 소설『생의 이면』의 주인공 박부길의 어린 시절 집 뒤뜰의 감나무를 떠올렸다. 내가 작가를 박부길로 단정 짓고 어떤 질문을 던지자 이승우 작가는 웃으면서 왜 내가 박부길이라고 생각하느냐고 반문했다.

그의 소설『생의 이면』에서 독자들이 소설 속 이야기를 작가의 삶을 그대로 옮겨놓은 것이라고 믿고 싶어하는 부분에 대한 이야기가 생각나 좀 겸연쩍었다.

●
●
●

사실을 썼다고 하더라도 소설가가 쓴 것은 결국 소설이다. 백 퍼센트 증류상태의 사실이란 없다. 더구나 소설 속으로 들어오면 더욱 없다. 그런데도 사실, 또는 사실이라고 말해지는 것은 우리를 홀린다. 사실에 대한 우리의 신봉은 소설을 작가의 삶과 겹쳐서 읽게 한다. (……) 그의 작품에 나타난 사실은 그가 선택하고 배제하고 그가 굴절하고 왜곡한 사실이다. 우리에게 증류상태의 '그의' 사실을 알아야 할 필요나 이유가 있을까? 훼손되지 않은 그의 순수한 '사실'을 안다는 것이 우리에게 무슨 뜻이 있을까? (……) 소설 속에서 우리가 발견해야 하는 것은, 파편들 속에 감추어 둔 작가의 내밀한 음성이지 파편들을 꿰맞춘 사실의 복원이 아니다.

_『생의 이면』 중에서

작품 속 인물이 작가가 아니냐는 질문은 사실 나 또한 내 작품을 감상한 관객들에게서 자주 듣는 말이고 그럴 때마다 난감했는데(내 그림 속의 인물이 나이기도 하지만 아니기도 하다), 그런 내가 그런 질문을 던지다니 말이다.

방정아

이승우 작가의 생가터는 두 개의 산봉우리 중 하나인 소산봉 아래 있었다. 그는 마을 사람들이 소산봉 일대를 가슴앓이섬의 원조로 생각한다고 했다. 실제로 그 모양이 가슴앓이섬처럼 길게 늘어져 있고, 두 봉우리의 배치나 비율이 유사해 살짝 미소를 지으며 고개를 끄덕였다. 초등학교 미술 시간에 한 번쯤은 해봤음직한 데칼코마니마냥 서로 마주 보는 두 개의 가슴앓이섬은 그 시절 이곳 외딴 바다 마을 사람들의 가슴 한 켠을 서늘하고 낭만적으로 만들지 않았을까 하는 생각을 했다.

물이 밀려들곤 하던 집 **캔버스에 아크릴릭**, 72.7×72.7cm, 2016

이승우

110

윤광준

장흥이 말해준 것들

바다가 보이는 동네를 무작정 찾아가는 건 도시인의 습성이다. 탁 트인 시야가 주는 해방감을 느끼고 싶은 본능일지 모른다. 처음 장흥을 찾았을 땐 서른 중반의 나이였다. 남도의 풍광에 이끌려 제 발로 간 마을로 기억한다. 바다를 보고 나서야 비로소 동네 모습이 눈에 들어왔다. 산과 들, 바다가 동시에 펼쳐지는 풍요의 고장임을 직감했다.

10년 전쯤 장흥을 다시 찾았다. 이번엔 사진작업 때문이었다. 천관산을 올랐고 관산 위씨 종택의 아름다움을 보았다. 너른 해변의 갈대밭이 간척으로 생긴 땅이란 것도 알게 되었다. 헤집듯 여러 곳을 기웃거려 찾아낸 멋진 풍광은 사진으로 바뀌었다. 내가 찍은 사진을 사람들에게 보여주며 나만의 비경을 자랑했다. 이후 장흥을 찾을 일은 생기지 않았다.

10년이 지났다. 다시 장흥을 찾았다. 친구인 김선두 화백과 함께한 여행이다. 풍광에 가려 보이지 않던 장흥이 다시 보이기 시작했다. 사람 때문이다. 현대문학의 걸출한 작가 셋과 한국 화단의 특별한 존재인 친구를 배출한, 인물의 산실은 과연 달랐다. 장흥이란 땅과 바다의 기억은 예술로 승화되기에 충분했다. 풍광과 인물을 동시에 머금은 고장의 풍요는 이 나라의 축복이 아닐 수 없다.

여러 작가와 또 한 번의 여행을 함께했다. 풍광과 사람이 섞인 장흥을 보는 재미는 쏠쏠했다. 스쳐 지나가면 보이지 않는 산등성이의 이야기와 바다의 빛이 각별한 의미로 다가오게 된 변화다. 삶의 터전에 스며든 배경으로서의 자연은 모든 이야기의 출발임을 깨달았다. 고향을 가져보지 못한 도시인으로서의 부러움은 당연하다. 기억 속의 아련한 그림이 결국 삶이었고 예술이었다.

장흥에서 살아보지 못한 도시인은 인상밖에 말할 수 없다. 바라보았던 바다의 이야기를 듣고 상상을 펼쳐보는 것이 고작이다. 그래도 괜찮다. 눈앞의 풍광은 과거와 현재를 가르지 않을 것이기 때문이다. 난 바다를 보기로 했다. 이전의 작가가 햇살에 반짝이는 장흥 앞바다 물비늘을 보고 느꼈을 아름다움은 여전히 현재진행형이다.

문학적 공감을 형상화시켜야 한다. 설명이 길어지면 진부해진다. 인상파 화가의 선택처럼 풍경을 해석으로 바꾸어야 옳은 일일 것이다. 조망할 바다가 필요했다. 주변의 산으로 올라 내려다보아야 시야가 넓어진다. 조망의 높이를 확보하는 일은 출발이다. 어느 날 문득 바라본 빛의 인상을 바다란 캔

이승우

장흥 바다 연작 피그먼트 프린트, 60×35cm, 2016

장흥 바다 연작 **피그먼트 프린트**, 60×35cm, 2016

장흥 바다 연작 피그먼트 프린트, 60×35cm, 2016

버스에 옮기고 싶었다. 아침과 저녁의 햇살로 빛나는 골든아워가 아니면 소용없다. 같은 바다가 다르게 느껴졌다면 바로 빛의 광채거나 움직임이기 십상이다.

빛의 강렬한 인상은 생각보다 깊은 기억의 각인으로 바뀌었다. 거꾸로 기억이 되살아나 인상의 행간을 메워주기도 한다. 프레임에 갇힌 바다의 모습은 다채로운 변주의 재료다. 빛의 반짝임이 움직임으로 느껴지고 색채가 향으로 바뀌는 공감각이 되기도 한다. 바다의 모습에서 땅의 풍요가 떠올려지는 일도 이래서 가능하다. 모두 장흥의 인상이 결집된 선택이다.

무릇 인간은 반복으로 친숙함을 만들어나간다. 겹쳐진 장흥의 기억이 내게도 작용하기 시작했다. 이 땅에서 살았던 작가와 화가의 인상이 전이되는 느낌이다. 고향을 잊어버린 도시인조차도 원형의 기억을 되찾았다고나 할까. 즐거운 여행의 끝은 좋은 기억만을 남겼다. 풍광이 그림으로 바뀌고 삶의 이야기가 풍성한 문학이 된 동네의 힘이다. 이젠 장흥이 육지의 끝이 아닌 세계를 향한 출발 지점이란 생각이 든다.

이승우

위선환은 1941년 전남 장흥에서 태어나 1960년 서정주, 박두진이 선(選)한 용아문학상을 수상
하면서 등단했다. 1970년 이후 30년간 시를 끊었고, 1999년부터 다시 시를 쓰면서 시집『나무들
이 강을 건너갔다』,『눈 덮인 하늘에서 넘어지다』,『새떼를 베끼다』,『두근거리다』,『탐진강』,『수
평을 가리키다』등을 냈다. 현대시작품상, 현대시학작품상을 수상했다.

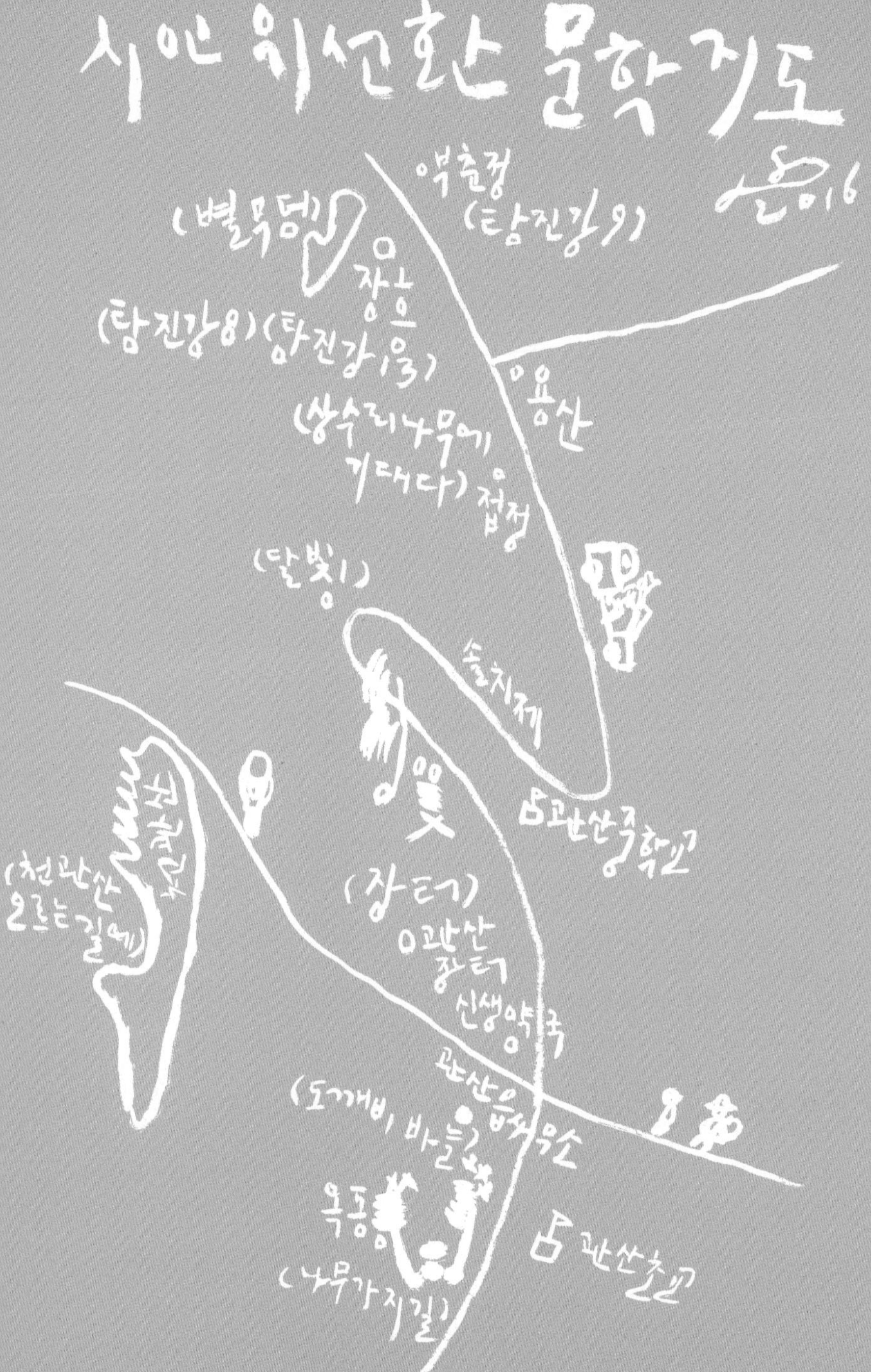
시인 위선환 문학지도
(탐진강 9)
(별무덤)
장흥
(탐진강 8)
(탐진강 13)
용산
(상수리나무에 기대다)
(달빛 1)
솔치재
관산중학교
(천관산 오르는 길에)
(장터)
관산 장터
신생약국
관산읍
(도깨비, 바늘)
옥동
(나무가지길)
관산초교

위선환의 시의 길은
직선이다

이대흠

위선환의 시의 길은 직선이다. 위선환의 시를 읽다 보면, 직선의 길 위를 하염없이 걸어가고 있는 한 사내의 등이 보인다. 사내는 길 끝에 닿고야 말겠다는 듯, 걸음을 멈추지 않는다. 그 사내의 뒷모습을 오래 바라보고 있노라면, 사내는 점점 작아져 하나의 점이 되고, 마침내는 소실점을 지난다. 그는 결국, 다른 세상으로 가는 길을 뚫고 나아갈 것만 같다.

한 사람이 한 지점에서 출발하여 흔들림 없이 다른 한 지점을 향해 간다. 곁눈질이 없다. 흔들림도 없다. 관계도 없다. (위선환 시를 모두 읽어봐도 기껏 나오는 다른 사람이 '승우'와 무덤에 묻힌 '어머니'와 저수지에 빠져 죽은 '삼촌'과 그 삼촌을 따라 들어갔다가 사지를 뻗어버린 '한 여자'뿐이다.) 그(시적 화자)는 오직 그 길밖에 다른 길은 없다는 듯 전진한다.

그는 샛길이나 다른 지점으로 향하는 길 따위에는 관심도 없다. 이 길이 있고, 이 길을 간다. 쉼도 없이 뻗은 그 길에 한 점처럼 자기 안에 골몰한 사내가 있다. 점에서 선으로, 선에서 면으로 확장되는 것이 아니라, 면에서 선으로, 선에서 점으로 좁혀지고 집중되는 사유체계의 길이다.

외길에서 사내는 좁아들고 마침내 한 지점에 이른다. 부피가 사라지고 한 점으로 몰입한다. 그 점도 마침내 지워질 것이다. 아니 그 점을 관통하기 위해 길을 걸어왔다. 하나의 점 너머 무언가가 분명 있을 것이다. 사내는 그 극점에서 자기를 응시하고, 마침내 그 점을 관통하려 한다. 아니 자기를 버려,

자기를 통과한 후 다른 곳에 도달하려 한다. 하늘 한가운데 소리개가 점으로 박혀 있듯, 그렇게 박힌다. 그리고 그 점을 관통하여 처음으로 관계를 맺으려 한다.

> 물이야 당연하게 골짜기로 흐르지만 골짜기도 함께 흐르더라고 했다.
> 남녘땅 끝머리 천관산, 찾아가니 하늘마저 흘러가고 없다.
> 하늘 흘러가고 드러난 저 허공에는 허공을 걸어가는 멧새 한 마리,
> 하늘 끝서 날았다가 헛날갯짓하고 떨어졌던, 몸은 떨어지고 하늘이 집어 올린,
> 하늘 뒤로 걸어서 허공까지 건너간,
> 지척만 걸어가면 허공 끝에 닿을, 작고, 빈, 그, 새.
>
> _ 「빈 새」 전문

그가 시를 써서 처음으로 세상에 내보낸 것은 1960년 용아문학상을 받으면서라고 한다. 하지만 그때의 작품은 남아 있지 않다. 이후 그는 1969년 시를 끊은 후, 1999년 무렵까지 시를 쓰지 않았다고 한다. 공직에 있었다고 한다. 그가 공직에서 어떤 일을 하였는지는 알려진 게 없다. 유추해보건대, 그는 중고등학교 시절에 시를 썼고, 고등학교에 다닐 때 용아문학상을 받았으며, 이십대에는 시를 쓰다가 이십대 말에 시를 끊고 30년 정도 공직에 몸담았다. 그러다 퇴직을 하고 나서 다시 시를 쓰기 시작했다. 그리고 그가 본격적으로 시를 발표하기 시작한 것은 2001년에 이르러서다.

그 당시 한국 시단은 그로 인해 떠들썩했다. 놀랄 만한 신인이 나타났는데, 그의 나이가 예순이 넘었기 때문이었다. 나이만 화제가 된 게 아니었다. 그의 시어는 이십대 시인의 것이라고 할 만큼 젊었고, 날이 서 있었다. 잘 벼린 시어로 무장한 그는 한국 시단에 폭풍을 몰고 왔다.

위선환

118

그의 시를 보면 대상과의 관계는 있되, 서로 간의 피드백은 없다. 오직, 여기에서, 내가, 바라본다. 즉 '나'와 '사물'과의 관계만 있다. 사건도 마찬가지다. 사람과 사람 사이의 갈등이나 이야기는 없다. 다시 말하면, 나와 대상과의 관계는 있지만, 거기에서 발생하는 갈등은 없다. 갈등이 있다면, 오직 자기 자신과의 싸움뿐이다. 따라서 나와 대상과의 관계는 무생물에 가까운 것이다. 설령 나무나 새가 나온다고 하여도 그러한 대상들은 생명력이 강조되는 것이 아니라, 그 대상의 위치나 그 대상이 한 행동의 결과물만 덩그러니 보여준다.

그의 시에서 빈번하게 사용되는 서술어 몇 가지를 꼽아보면 '있다', '본다', '쓴다' 같은 것들이다. 그것을 문장으로 적어보면 이러하다. 어떤 대상이 있고, 내(화자)가 그 대상을 보고, 나(화자)는 내(화자)가 본 것을 쓴다. 오직, 그러하다.

이제까지 발표된 그의 시를 관통하는 정서를 한마디로 말한다면, '쓸쓸하다'다. 관산 옥동에서 태어난 그는 장흥 읍내로 나왔다가 서울로 갔다. 선으로 표시하면 관산에서 장흥으로, 장흥에서 다시 서울로 이어지는 직선의 길이다. 그 길이 그의 문학이다. 직선은 부러질 수는 있되 휘지는 않는다. '끊는다'는 말에 의미를 두자. 부연하면, '꼿꼿하다', '깡말랐다' 같은 말이 덤으로 딸리겠다. 관계에서 오는 습기를 다 제거하고, 인정이나 세속의 손익계산 같은 게 없다. 오직 자신의 길을 위해 외길을 간다. 그의 시에는 마치 작두 위를 걷는 무당처럼, 전력을 다해, 온 정신을 집중시키고, 위태로운 길을, 흔들림 없이 가는 자의 쓸쓸함이 있다. 그 길에 자기 자신마저 베일 듯하다.

걸음을 멈추고
걸어온 길을 돌아다보다

위선환

탐진강

그때에는 건너편 둑방에 능수버들 여러 그루가 서 있었다. 그 아래 풀밭에서
누런 소들이 풀을 뜯었고, 자주 끼던 아침 안개가 걷히면 물낯이 희게 빛났
다. 강물에 드리운 산 그림자 속으로 나비 몇 마리가 팔랑거리며 날아간 다
음에는 장마가 왔다. 부옇게 물보라가 일면서 빗발이 수면을 때리는 소리가
자욱했다.

　그때에도 보기 어렵던 황새는 날개를 저으며 강을 건너갔다. 백로는 물속
을 걷거나 멈추어서 오래 서 있었다. 물아래 웅덩이에 모여 있던 송사리떼나
피라미들이며, 물풀들 틈새에 숨어 있던 등 검은 붕어며, 맴돌기를 그치지 않
던 물방개며, 새까맣고 가늘던 물잠자리며, 물낯 위를 뛰어가던 조약돌이며,
징검다리며, 그것들의 언저리에는 늘 반짝이는 빛이 있었다. 강바닥의 여기
와 저기에 있는 자갈밭에서 자갈들은 닳아서 반질했다. 자갈밭 한쪽에는 모
래톱도 있어서 나는 손바닥 하나를 묻어두었다.

　무엇보다 강이 맑았다. 하늘이 맑고, 풀과 돌과 흙이 맑고, 원근이 맑고, 시
간이 맑고, 사람이 맑았으므로, 물이 맑았다. 물은 길을 내며 길게 휘어서 멀
리까지 흘러갔고, 물소리가 부딪치는 여울은 햇빛을 받아서 반짝거렸다. 돌
을 들추면 가재를 잡을 수도, 더듬어서 다슬기를 주울 수도 있었다. 선명하게

도, 석대보의 봇물에서 유영하던 은어떼의 은빛 뒤치기를 잊을 수 없다. 바로 아래 습지를 날던 목덜미가 희끗한 작은 새도, 물고기를 물고 날던 물총새도 잊지 못한다. 그런 며칠 뒤에는 물 안에 하늘이 비치고 강이 조용해지면서 언저리가 쓸쓸해졌다. 물속에 비친 나를 들여다보거나, 걸음을 멈추고 걸어온 길을 돌아다보는 때가 그러했다.

겨울이 오고 바람이 불어서 바람에 실려 온 눈보라가 강을 덮으면 눈 덮인 강의 갓길을 걸으면서 자살한 친구의 이름을 부르거나, 글 쓰던 친구가 건네준 돌멩이를 매만지거나, 소식이 끊긴 사람의 안부를 걱정했다.

그러던 어느 날에 나는 시를 끊었고, 이후로 탐진강을 외면하고 살았다. 그렇게 30년이 지나간 다음에 다시 시를 쓰면서 두 해째가 되던 2000년의 어느 겨울밤에, 나는 강가에 자리한 숙소에서 강을 내다보고 있었다. 강 건너편에 있던 옛날의 내 자취방이 문득 보이고, 거기서 웅크리고 듣던 옛날의 겨울바람 소리가 다시 들렸다. 강바닥을 훑고 가는 추운 바람 아래에서 눈 묻은 조약돌들이 달그락거리고 있는 것이다. 그렇게 쓴 시가 「탐진강 8」이다.

읍에 내려와서 강 가까이 방을 정하면 늘 그랬듯이 밤잠을 또 못 잤다. 기온이 빠르게 식어가는 강변에서는 돌멩이들이 귀를 묻고 누워서 강줄기가 굳어지며 얼음 어는 소리를 듣고 있었고, 추위를 못 견딘 조약돌들은 달그락거리며 강바닥을 옮겨 다녔는데, 강으로 돌아오는 사람은 누구나 조약돌 몇 개쯤은 간직하고 있는 법, 나도 불을 끄고 누워서 내가 길들인 조약돌들이 유리창에 끼는 성에를 긁으며 창밖을 기웃거리거나 방 안을 서성대느라 달그락대는 소리를 듣고 있었다.

그러고는 겨울이 깊어졌으므로 사람들은 거처 안에 머물고 조약돌을 띄울 강물도 얼었으나 찾아가면 아무 때나 이 겨울의 강에는 눈이 내린다.

_「탐진강 8」 전문

천관산

지리산을 종주하고 차편이 그러해서 광주로 나온 것인데, 가까이에 모셔둔 어머님을 뵙지 않을 수 없어서 키 큰 배낭 메고 중등산화 신은 차림으로 귀향 버스에 오른 것이 2002년 늦가을 저녁이다. 관산읍에 도착해서는 천관산 기슭, 사구장골 들어가는 길목에 있는 달빛이 고르게 깔린 산소에 엎드려서 어머님을 뵈었다.

내킨 김이니 헤드랜턴을 켰고, 등산화 끈 졸라매고, 산행을 시작했다. 1974년부터 산악멤버로서 산을 걸어온 나에게, 그리고 1980년 이후에는 장기 단독산행을 즐기며 자주 비박을 하던 나에게, 설령 혼자일지라도 야간 산행은 서툴지 않았다. 사구장골 안쪽에서는 계곡 아래로 구부러지는 길을 버리고 장천재 뒷등의 안부를 향하여 트래버스를 했다. 안부에 이르러서는 이어지는 능선길을 밟아 오르면 된다. 삼림이 없어서 선명하게 노출되는 등성이 길이다. 헤드랜턴을 껐다. 랜턴 빛이 산 아래에서도 보일까 걱정되었기 때문이다.

천관산을 달밤에 오른다는 것, 수사적이다. 능선은 뜻밖일 만큼 밝고, 흘러내린 사면에는 달빛이 한 벌 깔렸다. 저 아래 골짜기가 푸르고 깊다. 음영들이 멀고 또 가깝다. 가까운 암면이 번뜩이고, 먼 능선에 솟은 암봉들은 훨씬 아득해 보인다. 중등산화에 밟히는 산길이 소리를 낸다. 내 기침소리가 유난하게 크다. 내 숨소리를 내가 듣는다. 별들이 참 많다. 금수굴을 지났고, 주춤거리며 주 능선에 오른 다음에는 키 큰 바위에다 나를 기댔고, 그리고 내가 조용해졌다. 밤하늘과 별들과 달빛과 산이 두루 조용했던 것이다.

거기서부터는 천관산의 하늘 선을 덮고 있는 억새밭이다. 달빛보다 희었다. '희다'는 말보다 훨씬 희었다. 연대봉 가까운 샘터에 1인용 텐트를 폈다. 자세를 눕히며 들어가 눕고 또 누운 자세대로 빠져나와야 하는 무릎 높이의

위선환

122

고산용 텐트다. 떠 있는 달이 가까웠다. 별들은 수도 없고 또 굵었다. 억새밭은 시야를 넘어가며 하얗고 가없었다. 그리고 천관산은 고향 관산읍의 진산인 것이다.

밤이 추웠다. 껴입고, 침낭에 들어가 누운 채로 텐트의 지퍼를 열어 밤하늘을 내다보거나, 등산화 신은 채로 하반신을 배낭에다 밀어 넣고 손과 얼굴을 부비면서 커피를 끓이거나……. 그렇게 밤샘을 했다. 이튿날에도 감동은 있었다. 아침이 되었을 때, 가을걷이를 끝낸 들판과 맑게 가라앉은 바다가 내려다보인 것이다. 바다가 내려다보이는 아침 산의 서리 덮인 능선길이라니! 길게 걸으면서, 서리빛보다 희게 펼쳐져 있는 억새밭을 둘러보고, 산행 수첩을 꺼내서 시 한 편을 썼다. 「천관산 오르는 길에는」이다.

천관산 오르는 길에는
이마가 서늘하리
그 이마 서늘해지며
하늘빛에 물들으리
놀빛 비낀 억새밭 자욱하고
억새잎들 부딪치며 서걱대는 소리
흐느끼리
그 밤에 등성이로 별들이 내려와서
별빛 한 망태기 주워 어깨에 둘러메고
남쪽 바다로 내려가는 하룻날은
날빛 든 물 바닥에 하늘 비쳐 있으리
나는 눈물 나리
억새꽃들 풀풀 날아서 자꾸 쌓여서
어느새

내 어깨를 묻고 말리

_「천관산 오르는 길에는」 전문

월광소나타

고향 관산읍 초입의 산복도로가 급커브를 그리며 평지에 닿는 모퉁이에, 천관산과 부용산에서 흘러내린 고읍천이 역시 굽은 모퉁이를 맞대었고, 거기에 고읍천 물을 모아 대냇들로 흘려보내는 대냇보가 있다. 지금은 콘크리트 보로 바뀌어 있지만, 내가 황폐해진 몸을 끌고 귀향하여 메마른 나날을 보내던 1960년대 후반이나 한참 뒤까지도 대냇보는 자연석을 겹쌓아서 만든 돌보(石洑)였으므로 봇돌 틈새로 새는 물줄기들이 희끗했고, 도란대는 물소리가 자잘했으며, 물 낮바닥에는 섬세하게 떨리는 물 주름 몇이 잡혀 있었다. 가끔이지만 바람이 스치고 지나가면 바람에 밀린 햇살이 번지면서 물의 결이 반짝이곤, 그때마다 시야에는 물비늘의 조각들이 깔리곤 했었다.

그때 나는 나를 때리고 아파했고 아픈 만큼 예민해져 있었으므로, 장전축에다 엘피판을 올려놓고 되풀이해서 〈월광소나타〉(Beethoven op.27 no.2)를 듣던 어느 밤에는 대냇보에 내리는 달빛의 광휘와 달빛을 받아 반사하는 물의 반짝임이며 더불어서 떨며 명멸하는 음(音)의 율(律)들이 선명하게 환시(幻視)되었었다.

지금도 귀향하였다가 되돌아오는 버스를 기다리는 시간이 꽤 남아 있을 때는 버스정류장에서 대냇보까지를 잇는 고읍천 둑방길을 걸으면서 그 밤에 환시하던 달빛이며 물빛의 반짝임을 생각하고, 그 시절에 내가 나를 귀찮아하고 학대하던 허무를 되새기곤 한다. 그럴 때 바라보는 서녘 하늘이 흔히 저물고 흔히 곱다. 고읍천 건너에 펼쳐진 들판의 저어 끝, 천관산과 부용산을 잇는 능선 너머에 강진만이 펼쳐져 있어서, 만(灣)에서 반사하는 놀빛이 하늘

위선환

124

을 적시기 때문이다. 그러고는 하늘의 아래쪽이 고즈넉해지면서 문득 둑방 길의 끄트머리가 낮아지는데, 거기에 놀빛 배인 봇물이 고여 있곤 한다. 그때마다 나는 숙이고 혹은 눈 감고, 달빛 깔린 봇물에서 튀는 물방울들이 혹은 작열하고 혹은 응결하고 혹은 떨리고 혹은 부서지고 혹은 흩어지면서 반짝이는 맑은 음조의 소나타를 환각하곤 한다.

　시 「달빛 1」을 쓸 때는 세월이 많이 흐른 다음이었으므로, 그 밤에 환시했던 달빛의 오랜 다음을 생각했다.

　　온밤이 새파랗게 젖어 있었다.

　　그리고, 그 밤에 서리 맞고 세더니
　　늦가을 지나가며 빠지기 시작한,
　　살얼음 깔리는 벌판에도 한 개씩 떨어지는,
　　서릿발 같은
　　눈썹터럭 몇,
　　을
　　줍는다 푸르게
　　달빛
　　묻어난다

_ 「달빛 1」 전문

125

김범석

장흥, 빛과 소금과 같은 곳

답사 여행. 사람들은 어디론가 훌쩍 떠나 자기만의 시간을 갖고자 한다. 여행의 성찰을 통해서 또 다른 나를 발견할 수 있기 때문이다. 속도가 지금의 우리를 대변하듯 너무 빠르게 지나가고 또 모든 것이 넘쳐난다. 속도가 아닌 느낌과 깊이가 그리워지는 순간이다.

장흥 답사. 봄바람에 벚꽃 잎이 떨어진다. 여기저기 자리 잡은 모란과 목련꽃 향기가 코끝을 간지럽힌다. 많은 곳을 이동하면서 이곳저곳 보고 듣고 기록하는 답사 여행이지만 그 기록의 바탕에 미락을 빼놓을 수 없다. 여행은 먹는 것에서 시작해서 먹는 것으로 끝나는 것이 아닐까 하는 생각이 들 정도로 그 지방 특유의 맛은 시각적 완성을 더해준다.

위선환

장흥의 맛. 한승원 선생님이 이야기하신 삭금횟집이 떠오른다. 박목월 시인이 어떤 여인과 정분이 나서 그 여인과 같이 제주도로 사랑의 도피를 가게 되었고 부인이 제주도까지 찾아가서는 생활비와 두 사람의 겨울옷을 마련해주고 왔는데 그 후 정분 난 두 사람이 헤어지기로 하고 박 시인이 「이별의 노래」라는 명시를 쓰게 되었다는 이야기에 이어서 삭금횟집 회 맛이 아주 기가

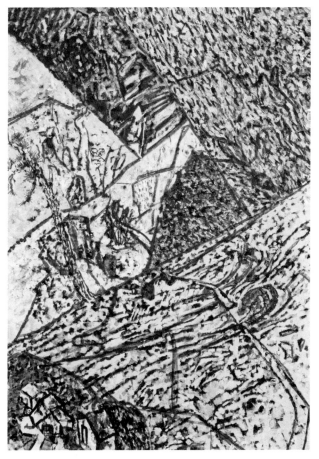

탐진강 9 한지에 먹, 호분, 채색, 103×147cm, 2016

막히니 한번 가보라. 꼭 여인과 같이 가면 좋은 명작이 나올지도 모르니…….

김범석

답사나 여행을 하면서 매번 드는 생각은 그동안 떠오르지 않던 생각들이 길 위에서 문득 떠오른다는 것이다. 한곳에 머무르기 싫어하는 본능 탓도 있지만 백 퍼센트 순수창작은 존재하지 않으며 결국 어떤 대상을 보고 마음의 동요를 일으키거나 감동했을 때 느낀 감정들이 모여 작업의 원천이 되는 것

탐진강 13 한지에 먹, 호분, 채색, 103×147cm, 2016

이라 생각한다. 그런 면에서 장흥은 다른 어떤 곳과도 사뭇 다르게 다가온다.

어느 곳이나 그 고장의 문화나 역사, 민초들의 삶이 존재하지만 장흥처럼 산과 들 그리고 바다, 동학의 후예들에 대한 자부심과 그 중심에서 문화와 역사를 풀어내고자 했던 문인들이 있는 곳은 많지 않은 듯하다. 이러한 점이 장흥만의 매력이라 생각된다. 우리 인생은 불교에서 말하는 연기론처럼 어느 것 하나 얽혀 있지 않은 것이 없다. 어느 한곳에서의 깊은 영감이나 감명, 풍광에 관한 느낌은 또 다른 자기 세계의 지평을 넓히는 과정이기도 하다.

이번 장흥 답사는 내 삶의 한쪽에 소중히 자리 잡아 필요할 때마다 조금씩 꺼내보는 빛과 소금과 같은 장소가 될 것이다. 꿈, 원형, 그리움, 비상한 힘을 담아갈 수 있어 나는 행복하다.

동백정 소나무 한지에 먹, 호분, 73×202cm, 2016

김범석

서용

작 가 노 트

장흥은 나와 남다른 인연이 있다

학부를 졸업하고 바로 유학길에 오른 나는 정작 내 나라에 대해서는 모르는
게 너무 많았고 외국여행에 비해 국내여행에 인색했던 것이 늘 아쉬웠었다.

유학하던 중에 결혼하면서 상투적인 신혼여행지를 포기하고 벼려왔던 남
도로 떠났다. 무엇을 보고 느낄 것인지 아무 계획 없이 막연하게 나선 길이
었지만 초겨울 십여 일간의 여행은 쉽지 않았다. 한 시간에 한 대씩 간간이
지나는 시골버스로 멀미하는 어린 신부의 손마디를 주무르고 등을 두들겨
가며 장흥을 처음 만났다. 집 담장 너머로 간간이 남아 있는 홍시를 돌 던져
서 따 먹고 시장 언저리에 쭈그리고 깍두기에 국밥 먹어가며 어머니의 거친
손같이 흙내음 진동하는 장흥을 보았다.

대학에 자리를 잡았다.

귀국하고 얼마 안 돼서 바로 임용된 케이스라서 의욕이 넘쳤던 시기, 학과
행사로 매년 가을에 떠나는 스케치 여행을 7~8년간 설악산만 주구장창 다녔
단다. 학창 시절의 여행은 가장 추억에 남는 법인데 그 추억을 케이블카 타
고 오르는 권금성과 대포항에만 맡겨버리고 있었다. 한 대학원생은 일곱 번

위선환

130

탐진강 인상 황토, 마, 석채, 안료, 70×90cm, 2016

이나 같은 곳을 가서 외워서도 그릴 것 같다고 했다.

그래서 그해에 200명 가까운 학생들을 인솔하고 무작정 장흥으로 떠났다.

그림 그리는 사람은 사람 냄새가 나야 하는데, 그 사람 냄새 진동하는 곳이 남도이고 내가 가슴으로 보았던 장흥을 제자들과 나누고 싶었다.

어깨와 양손에 화구를 들고 멘 학생들에게 정상이 요 앞이라고 어르면서 숨을 몰아쉬면서 맞은 억새밭은 또 다른 장흥이었다. 오를 때 한 시간, 내려올 때 두 시간, 구두가 까지고 무릎이 꺾이면서 다녀온 천관산은 지금도 학

천관산 황토, 마, 석채, 안료, 70×90cm, 2016

탐진강의 봄날 황토, 마, 석채, 안료, 70×90cm, 2016

생들에겐 가장 추억에 남는 곳이 되었다.

　이제 장흥을 내 그림 안에서 다시 만난다.

　질박한 흙내음은 내 화면의 재료가 되었고, 거기에 하늘과 바다의 강렬한 콘트라스트와 천관산의 억새를 키우는 탐진강 강물의 여유를 얹었다. 그리고 여행길 식당 앞에 소담하게 피어 있던 배꽃분재의 꽃을 데려왔다.

주호석

작 가 노 트

자연에 대한 이해

풍요로운 땅, 여유롭고 인심 좋은 사람들, 강과 바다, 산과 들이 펼쳐져 있다.
천관산의 기운이 나를 감싸는 듯하다. 학생 시절 처음 카메라를 들고 혼자

보림사 JH-4L 잉크젯 프린트, 105×75cm, 2016

위 선 환

창랑정 JH-12L 잉크젯 프린트, 105×75cm, 2016

떠난 곳은 정동진이요, 처음 프로젝트를 맡은 곳이 정남진이라니, 그만큼 장흥은 의미 있게 다가온다.

산세가 수려하고 온갖 나무와 식물들이 푸르른 것은 물이 풍부하기 때문일 것이다. 길을 걷다 흐르는 개울 옆 우거진 숲 아래에서의 낮잠은 나를 신선으로 만들어준다.

장흥이 예로부터 문인들이 많고 이처럼 좋은 작품이 많이 나오는 이유도 이곳 사람들이 자연을 이해하고, 공존하며, 즐길 줄 알았기 때문이 아닐까?

이 프로젝트의 옛길과 새길을 이어주는 매개체는 자연에 있고, 문학 역시 자연에 녹아 있는 것 같다.

이청준, 한승원, 이승우 작가는 바다요, 송기숙, 위선환, 이대흠, 김영남 작가는 산이다. 그들은 자연을 통해 사람을 이해하고, 문학을 이해하고자 한다.

주호석

천관산 JH-8L 잉크젯 프린트, 50.8×40.64cm, 2016

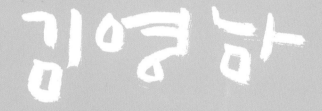

김영남은 1957년 전남 장흥에서 태어났으며 중앙대학교 경제학과와 같은 대학 예술대학원을
졸업했다. 1997년 시 「정동진역」이 『세계일보』 신춘문예에 당선되어 문단에 등단했다. 시집으로
『정동진역』, 『모슬포 사랑』, 『푸른 밤의 여로』, 『가을 파로호』가 있으며, 소설가 이청준, 화가 김
선두와 함께 고향을 소재로 한 시소설 화집『옥색 바다 이불 삼아 진달래꽃 베고 누워』가 있다.

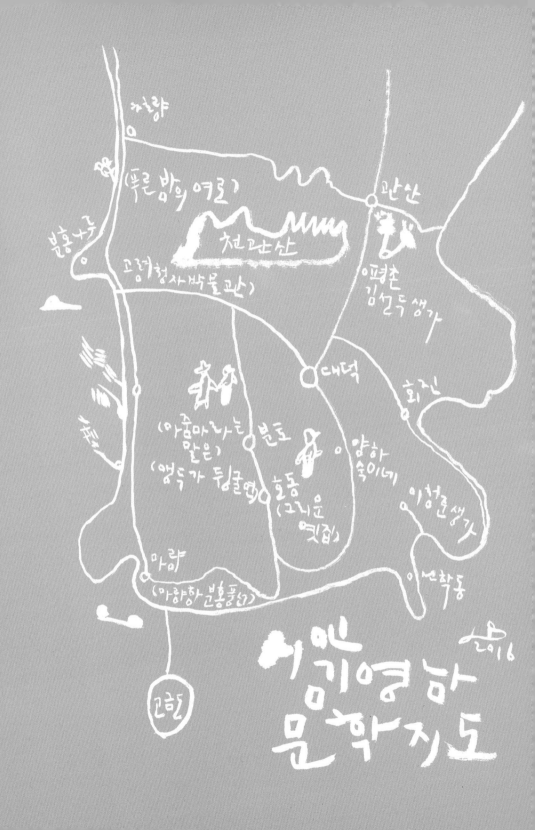

김영남의 시의 길은
곡선이다

이대흠

어지간한 사람이라면, 김영남 시인의 미소 앞에 그만 녹아내리고 말 것이다. 또한 그의 구수한 입담에 귀를 적시면, 시간이야 조랑말을 타고 천관산으로 가든 말든 그가 구부렸다 폈다 하는 서사에 넋을 잃을 것이고, 그에게 화가 나 있던 사람이었다고 하더라도 그를 만나면 금세 너털웃음을 터뜨리고 말 것이다. 그만큼 김영남은 유연하다.

시도 그와 같아서 김영남의 시는 곡선의 시다. 착상이 기발하고, 언어의 부림이 거칠지 않다. 그가 부리는 시어는 낭창낭창하고, 막힘이 없다. 머무르지도 않는다. 그가 좋아하는 것 세 가지가 여자와 여행과 사우나라고 한다. 이 세 가지가 자신의 인생을 뜨겁게 달구며, 거기에서 스캔들이 있으면 시가 써진다고 하니, 솔직하다고 해야 할까. 재미가 있다.

김영남의 시를 읽다 보면, 천진한 듯하지만 장난기 많은 시골 소년의 모습이 떠오른다. 소년의 나이는 열두어 살쯤 되었겠다. 소년은 넘치는 에너지를 소유한 아이다. 호기심도 많고 머리도 좋다. "우물가 집 뒤란의 누나 방에 / 굴러다니는 피임약이여, 그걸 / 영양제로 주워 먹고 건강한 오늘날이여"(「앵두가 뒹굴면」)라면서 앵두알과 함께 뒹굴고 다녔을 소년. 그 소년은 시인이 되었고, 앵두알처럼 여기저기 굴러다니길 좋아한다.

그의 시의 길을 따라가면 부드러운 곡선이 나온다. 출발은 아무래도 「정동진역」이라고 봐야 할 것 같다. 그는 1997년 「정동진역」이라는 시로 문단에 혜성처럼 등장했다. 가보지도 않은 역을 시로 써서 등단했으니, 상상력 하나는 타고났다고 봐야 할 것 같다. '정동진이라는 억새꽃 같은 간이역'이 있다고 해서 많은 사람이 시 한 편을 들고 찾아갔다는 정동진역. 사람들이 "조개껍질이 되어버린 몸들을 싣고 떠나는 역. / 여기에는 혼자 뒹굴기에 좋은 모래사장이 있고, / 해안선을 잡아넣고 끓이는 라면집과 / 파도를 의자에 앉혀 놓고 / 잔을 주고받기 좋은 소주집이 있다"고 했으니, 정동진역 인근의 라면집들이 성황을 이뤘을 것이다.

하지만 그는 정동진역에 머물 사람이 아니다. 또 강원도 동쪽 끝에 갔다가, 어느새 제주도 서남쪽 해안 모슬포에 이르러서 "오래도록 그리워할 이별 있다면 / 모슬포 같은 서글픈 이름으로 간직하리"(「모슬포 사랑」)라고 센티한 감성을 흘린다. "창밖의 비바람과 함께할 사람 없어 / 더욱 서글퍼지는 이 모슬포의 작은 찻집 景에서"라니! 여기에서의 '景'은 풍경 자체일 수도, 카페 이름일 수도, 이별한 여자의 이름일 수도, 그가 영원히 사랑할 여자, '詩'일 수도 있을 것이다.

그러다 그는 문득 「겨울 파로호」에 이르러 "저 호수, 호주머니가 없다 / 호주머니가 없으니 불편하다 / 뭔가 넣어 맡겨둘 수 있었으면 좋겠는데 / 너덜너덜한 생각도 거두고 싶은데"라면서 윤동주의 시와 노자의 역성(易性)과 장자의 제물론(齊物論)을 생각한다.

이러한 흐름을 중심에 둔다면, 김영남의 시는 곡선이다. 곡선이되 그것은 개곡선이다. 개구쟁이 소년이 놀 듯이 곡선과 곡선을 이어 길을 만든다. 일종의 놀이다. 논다. 웃는다. 열려 있다. 이런 움직씨들이 그와 어울린다. 그는 움직이고, 사고의 틀을 닫지 않는다. 호기심, 장난, 상상력, 이런 명사들이 그를 규정한다. 하지만 그 말들도 그를 가두지 못한다.

어떤 말로 그를 가두려 해도 그는 또 말을 타고, 천관산으로 조랑말을 타러 갈 것이다. 거기에서 그는 보르도산 포도주를 마시며, 경기도 평택쯤에 사

김영남

는 은경이와 함께 천관산 억새 평원을 달릴 것이다. 혹은 마량항에서 분홍 풍선을 띄우며 먼 나라로 가고 싶어하다가, 고향집 감나무 가지에 걸려 어머니를 만나고, 자신의 집 쓸쓸한 식탁을 바라보다가, 그곳에 있는 창—"골목이 시작되고, 골목 옆구리 / 파도 출렁대는 곳에 환한 창이 있다"(「마량항 분홍 풍선」)—을 통해 무언가 상념에 잠기기도 할 것이다. 그런 관계, 그런 스캔들이 그의 문학을 지탱하는 한 축이다.

그는 또, "나는 누워만 있는 것을 보면 올라타고 싶다 / 그 누워 있는 것들에 신나게 올라타서 / 한 번 가쁜 숨을 매몰차게 몰아쉬고 싶다"면서 "나는 누워 잠자는 걸 보면 꼭 한 번 올라타보고 싶다 / 누워 있는 상사, 누워 있는 행정, 누워 있는 학문……"(「누워 있는 것을 보면 올라타고 싶다」)에 올라타서, 잠자는 것들을 굳어버린 것을 흔들고, 깨우고 싶어할 것이다. 혹은 창밖에 내리는 비를 바라보며 "내 창에 내리는 비는 지금 / 고년! 미운년! 몹쓸년 하면서 내린다"(「고년! 하면서 비가 내린다」)라고 생각하고 있을지도 모른다.

정동진, 모슬포, 파로호, 마량항으로 떠돌았던 게 그의 여행 여정이다. 은경이에서 고년, 미운년, 몹쓸년을 거쳐, 커브가 아름다운 여자, 을랑이 엄마에 이른 게 그의 여자 편력이다. 사우나를 좋아하는 그는 요즘 행정중심도시 세종에서 '계삼탕'을 끓이며 생계를 잇고 있다. 그가 끓이는 계삼탕 속에는 또 놀라운 스캔들이 있을 것이다.

내 詩의 원천
또는 창작의 길에서

김영남

내가 문학책을 처음으로 완독한 다음 깊은 감명에 잠시 추춤거리기 시작한 때가 대학 2학년 여름방학 기간이 아니었나 싶다. 그전에는 남들이 읽는다니깐 나도 빠질 수 없어 억지로 문학 서적을 읽어내는 격이었다. 흥미를 느낄 수 없는 건 당연했다. 그러던 내가 3학년 이후 심한 독서병에 걸렸다. 전공인 경제학을 거의 포기하다시피 하고 여기저기 다른 학과의 문학강좌를 찾아 방황했다. 동기들은 졸업하기 전 대부분 취직했는데 난 졸업식이 끝나도록 학교에 남아 있었다. 글을 쓰겠다고 결심한 것이다.

이후 생계를 고려해 취직했고, 마흔 살이 되던 해 신춘문예로 등단해 정식 시인의 길을 걸었다. 올해로 등단 19년. 앞으로 가야 할 길을 생각하면 아직 까마득하기만 하다. 가던 길 잠시 멈추고 그간 나를 여기로 이끈 인연이 어떤 것들이 있었는지 한번 뒤돌아보는 것도 남은 여정에 큰 활력이 되지 않을까 한다.

'아줌마'라는 말은

김영남

그러면 내 문학의 원천, 첫째는 뭘까? 나를 낳고 기르신 어머니일 것이다. 어머니 존함은 백복임. 수원 백씨다. 형제 3남 3녀 중 둘째인 나 외에는 아무도 문학에 관심이 없었다. 아버지, 할아버지, 증조할아버지 형제들을 살펴봐도 마찬가지다. 그러면 외가 쪽을 한번 따져보자. 외가 쪽에 『관서별곡』의 저자 기봉 백광홍 선생이 있지 않은가. 그렇다, 내 속에는 기봉 선생의 피가 흐르고 있었다. 주변 환경에 섬세하게 대응하고 어떤 일에도 탈이 없도록 하는 나의 어머니, 어머니는 내게 문학적 피와 더불어 예민한 감수성까지 물려주신 것이다. 이런 어머니 때문에 「'아줌마'라는 말은」이란 시도 탄생하지 않았을까 싶다.

일단 무겁고 뚱뚱하게 들린다.
아무 옷이나 색깔이 잘 어울리고
치마에 밥풀이 묻어 있어도 어색하지 않다.

그래서 젊은 여자들은 낯설어하지만
골목에서 아이들이 '아줌마' 하고 부르면
낯익은 얼굴이 뒤돌아본다. 그런 얼굴들이
매일매일 시장, 식당, 미장원에서 부산히 움직이다가
어두워지면 집으로 돌아가 저녁을 짓는다.

그렇다고 그 얼굴들을 함부로 다루면 안 된다.
함부로 다루면 요즘에는 집을 팽 나가버린다.
나갔다 하면 언제 터질 줄 모르는 폭탄이 된다.
유도탄처럼 자유롭게 날아다니진 못하겠지만
뭉툭한 모습을 하고도 터지면 엄청난 파괴력을 갖는다.
이웃 아저씨도 그걸 드럼통으로 여기고 두드렸다가
집이 완전히 날아가버린 적 있다.

우리 집에서도 아버지가 그렇게 두드린 적 있다.

그러나 우리 집에서는 한 번도 터지지 않았다.

아무리 두들겨도 이 세상까지 모두 흡수해버리는

포용력 큰 불발탄이었다, 나의 어머니는.

_「'아줌마'라는 말은」 전문

그리운 옛집

두 번째는 또 뭘까? 내가 태어나 먹고 자란 고향집이 아닐까. 기억 속에만 남아 있고 학창 시절에 사라져버린 옛집. 거기에서 증조할머니, 할아버지, 할머니, 아버지, 어머니, 우리 여섯 형제가 살았다. 세 칸 초가집 방에 이 대식구가 산 것이다.

못 먹고 못 살던 힘든 때였지만 마을 사람들과도 서로 부딪고 살아가는 정을 나누던 시절이었다. 사라진 옛집에는 그런 추억들이 아름답게 아롱져 있다. 나는 그걸 오래 간직하고자 「그리운 옛집」이란 시를 썼다.

옛집은 누구에게나 다 있네. 있지 않으면 그곳으로 향하는 비포장길이라도 남아 있네. 팽나무가 멀리까지 마중나오고, 코스모스가 양옆으로 길게 도열해 있는 길. 그 길에는 다리, 개울, 언덕, 앵두나무 등이 연결되어 있어서 길을 잡아당기면 고구마 줄기처럼 이것들이 줄줄이 매달려 나오네.

문패는 허름하게 변해 있고, 울타리는 아주 초라하게 쓰러져 있어야만 옛집이 아름답게 보인다네. 거기에는 잔주름 같은 거미줄과 무성한 세월, 잡초들도 언제나 제 목소리보다 더 크게 자리잡고 있어서 이를 조용히 걷어내고 있으면 옛날이 훨씬 더 선명하게 보인다네. 그 시절의 장독대, 창

김영남

문, 뒤란, 웃음소리…… 그러나 다시는 수리할 수 없고, 돌아갈 수도 없는 집. 눈이 내리면 더욱 그리워지는 집. 그리운 옛집.

어느 날 나는 전철 속에서 문득 나의 옛집을 만났다네.
그러나, 이제 그녀는 더 이상 나의 옛집이 아니었네.

_「그리운 옛집」 전문

푸른 밤의 여로—강진에서 마량까지

세 번째는 고향길일 것이다. 이 길은 내가 외지에서 돌아올 때 '야, 고향이구나' 하고 포근함을 느끼기 시작하는 곳부터다. 그 지점은 읍의 정류장이고 여기서부터 집 대문까지 이르는 길이다. 나는 출생지가 장흥이기 때문에 장흥읍에서부터 집까지일 것 같지만, 그건 아니다. 강진읍에서부터 칠량, 대구, 마량을 거쳐 집에 이르기까지의 길이 모두 고향길이다. 내겐 환경적으로 여기가 편했고, 정서적으로도 유대가 깊었다.

나는 이 길을 오가며 많은 상념에 잠기곤 했다. 집을 나설 땐 이 길 위에서 꿈을 펼쳤고, 돌아올 땐 고향의 풍광과 풍물을 바라보며 눈시울을 적시곤 했다. 내 문학적 감수성은 여기에서 싹텄고 성숙해졌다. 영랑 생가, 강진만, 칠량 전망대, 청자 도요지, 마량항…….

시 「푸른 밤의 여로」는 이러한 연유로 태어났고, 고향이 내게 안겨준 최고의 선물이다. 난 이 선물을 추석 무렵이면 꼭 풀어보곤 한다.

둥글다는 건 슬픈 거야. 슬퍼서 둥글어지기도 하지만 저 보름달을 한번 품어보아라. 품고서 가을 한가운데 서봐라.

푸른 밤을 푸르게 가야 한다는 건 또 얼마나 슬픈 거고 내가 나를 아름답게 잠재워야 하는 모습이냐. 그동안 난 이런 밤의 옥수수 잎도, 옥수수 잎에 붙어 우는 한 마리의 풀벌레도 되지 못했구나. 여기에서 나는 어머니를 매단 저 둥근 사상과 함께 강진의 밤을 걷는다. 강진을 떠나 칠량을 거쳐 코스모스와 만조의 밤안개를 데리고 걷는다. '무진기행'*은 칠량의 전망대에 맡겨두고 부질없는 내 시와 담뱃불만 데리고 걷는다. 걷다가 도요지 대구**에서 추억의 손을 꺼내 보름달 같은 청자 항아릴 하나 빚어 누구의 뜨락에 놓고, 나는 박처럼 푸른 눈을 욕심껏 떠본다.

　구두가 미리 알고 걸음을 멈추는 곳, 여긴 푸른 밤의 끝인 마량이야. 이곳에 이르니 그리움이 죽고 달도 반쪽으로 죽는구나. 포구는 역시 슬픈 반달이야. 그러나 정말 둥근 것은 바로 여기에서부터 출발하는 거고 내 고향도 바로 여기 부근이야.

_「푸른 밤의 여로─강진에서 마량까지」 전문

김영남

* 무진기행 ─ 안개 묘사가 환상적인 김승옥의 소설.
** 대구 ─ 전라남도 강진군에 있는 우리나라 최대의 고려청자 도요지.

장현주

동백

장독대 옆 돌담 위에 핀 봉숭아 꽃
잎을 조약돌로 으깨어 손톱 위에
얹는다. 문득 올려다본 하늘이 봉숭
아 빛이라 생각했다. 햇살 가득한
하늘은 봉숭아 빛이 반사되어 잠시
분홍빛이 되었다.

분토리 옛 돌담 장지에 목탄, 분채, 75×125cm, 2016

분토리 옛 돌담

엄마가 나물을 씻어오라고 하였다.
햇빛 가득한 우물가에 앉아 '깨끗
이 씻어야 한다'는 엄마의 말에 나
물이 시퍼렇게 되도록 씻었다. 문득

장현주

147

동백 장지에 먹, 목탄, 분채, 67×100cm, 2016

푸른 밤의 여로 장지에 먹, 목탄, 분채, 142×74cm, 2016

올려다본 하늘이 샛노랗다 생각했다. 잠깐 눈을 감고 다시 뜨는 순간까지 노랗게 빛났다.

작 가 노 트   3

푸른 밤의 여로

해 질 녘에 고향집 가까이 도착한 버스는 여전히 꼬불꼬불한 산길을 오르고 있었다. 어느 순간 풍경은 없어지고 지워졌다. 산의 모습들은 하늘의 어둠이 가려 땅과 하늘 사이를 흐르는 것 같았다. 풍경을 지켜오던 햇빛은 달빛이 대신하고 낮 풍경 속에서는 볼 수 없었던 깊은 공간이 푸르게 나타났다.

　시인은 푸른 밤을 걸었고, 나는 어둠이 내린 푸른 길을 달렸다.

　힘든 도시생활을 보상해주었던 고향 가는 길은 아마 그리움의 행로였을 것이다.

장현주

박수만

시의 목소리

4월의 첫날 만우절의 거짓말은 어쩌면 못난 세상에서 하루쯤은 긴장을 풀
고 삶의 여유를 찾으라는 선인들의 지혜 속에서 나온 날이 아닌지 생각해

'아줌마'라는 말은 캔버스에 유채 아크릴릭, 117×91cm, 2016

김영남

검정 고무줄에는 캔버스에 유채 아크릴릭, 61×73cm, 2016

본다.

만우절 날 거짓말 한번 못 해보고 버스에 올라 장흥 문인의 예술적 온상지를 일상처럼 몽상처럼 가슴으로 담아보는 중이다. 지나가는 내내 꽃들이 꽃마중을 하니 고향의 포근함을 더욱 증폭시킨다.

억불산 며느리바위, 탐진강, 수많은 전신주와 어둑한 고향집, 동백정, 가슴앓이섬, 예전에 배움의 터였을 신동초등학교, 강진만, 분홍나루, 호동마을과 만수리, 마르지 않는 우물, 정남진, 천관산과 사자산…… 우리는 헤아릴 수 없이 많은 곳을 다닌다. 문인들은 어릴 적부터 고스란히 간직한 깊은 보물창고의 아름다움을 미쳐 다 보여주지 못해 아쉬워한다.

박수만

예술의 모든 시작이 그렇듯 고향과 그곳의 소재들은 예술의 마지막까지 항상 곁에 머물러주는 이웃 같은 존재들일 것이다.

또한 문인들의 어린 시절 일화는 그들만의 절묘한 입담으로 한참을 웃게

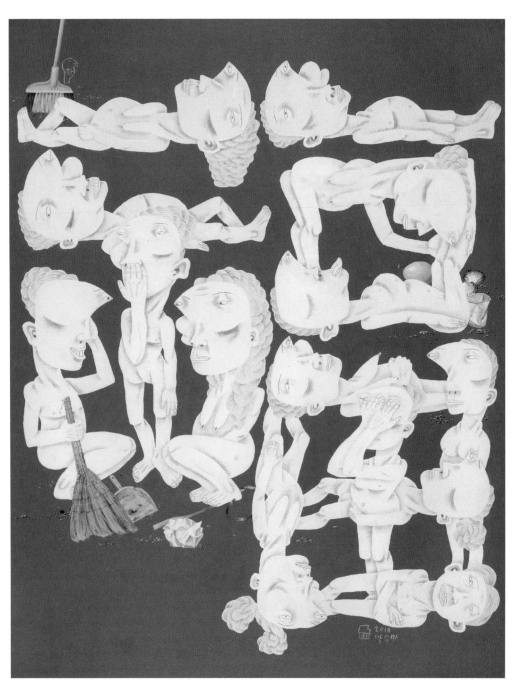

복 캔버스에 유채 아크릴릭, 91×117cm, 2016

하고, 그 시절을 회상하며 시와 한몸이 되어갈 때 드러나는 소리는 글로만 보이는 시보다 훨씬 감성적이고 아름다우며 진지함을 느끼게 한다.

'거짓말은 상상력이다'라는 말이 있다. 거짓말은 무한의 영역이고 풍부한 상상의 원천이기에 예술에 있어선 빠질 수 없는 가치다.

물축제에 시작하는 예술여행의 결과를 위해 잘 버무려 아름다운 거짓말을 준비해야겠다.

이대흠

이대흠은 1967년 전남 장흥에서 태어났으며 서울예술대학 문예창작과를 졸업했다. 1994년 『창작과비평』에 「제암산을 본다」 외 6편을 발표하며 작품활동을 시작했으며, 1999년에는 『작가세계』에 단편 「있었다 있다」로 신인상을 받았다. 시집으로 『귀가 서럽다』, 『눈물 속에는 고래가 산다』, 『상처가 나를 살린다』와 『물속의 불』이 있으며, 장편소설 『청앵』, 산문집 『그리운 사람은 기차를 타고 온다』, 『이름만 이쁘면 머한다요』 등이 있다. 육사시문학상, 전남문화상, 애지문학상 등을 수상했다. 현재 '시힘' 동인으로 활동 중이다.

시인 이대흠 문학지도

ㅇ 보림사

(청명)
(구름상놈꾼 연작)
(동그라미)
맨손리 (눈물 속에는 고래가 산다)

동백정

부춘정

제암산
(제암산을 본다)

사자산

부산ㅇ

탐진강

탐진강 하구

(탐진시편)

옹미ㅇ

장흥

옹암

안양

(아름다운 무반)

용산ㅇ

이대흠의 시의 길은
동그라미다

이대흠

이대흠의 시의 길은 동그라미다. 그의 작품에 동그라미라는 제목의 시가 있기도 하지만, 그가 살아온 길도 동그라미로 그려진다. 간단히 말해서 그는 고향 장흥에서 20년 가까이 살다가, 객지생활을 또 20년쯤 하다가, 다시 그의 고향으로 돌아왔다. 고향이라는 점에서 시작해 다시 고향으로 돌아온 그의 인생길은 하나의 원이다. 그의 작품 세계도 이러한 행로를 닮았다. 그는 고향에서 치열한 문청 시절을 보냈고, 이후 서울로, 광주로, 제주로 20여 년 떠도는 과정에서 건설현장 노동자, 꽃재배 사업, 지도 사업, 학원 강사, 카페 운영 등 다채로운 직업을 전전했다. 그러다 다시 고향으로 돌아와 시작(詩作)에 열중하고 있다.

그의 등단작 중 하나인 「제암산을 본다」를 보면, 그의 의식 밑바닥에 고향에 대한 자존이 깔려 있음을 알 수 있다. "제암산을 보면 장흥 땅 전체가 / 그 산으로 집중된 느낌이 든다 과장하면 / 전라도가 한반도가 그곳으로 모아져 / 탱탱히 부풀어 오른 산 / (……) / 산등성이 자진모리로 꿈틀거린다 / 지가 무슨 / 지가 무슨 한반도의 자지라고" 한 이 시를 비롯한 그의 등단작들을 보고 신경림 시인은 "문단에 괴물 하나가 나타났다"고 했다.

그가 문단에 얼굴을 내민 것은 1994년 『창작과비평』 봄호에 「제암산을 본다」 외 여섯 편의 시를 발표하면서부터다. 그는 한국 현대시사에서 보기 드물게 자기 고향의 특정 지명을 소재로 한 시로 등단했다. 그가 등단하였을 때, 고향 선배인 한승원 소설가가 "장흥에는 큰 산이 많은데, 아직까지 큰 시인이 없었다"면서 "비로소 큰 시인이 나왔다"고 기뻐했다고 한다.

그의 시에 대한 초기의 평가는 '크다'와 '남성적이다'라는 수식어와 함께했다. 이는 그의 이름자에 큰 대(大)자가 들어 있는 것과 무관해 보이지 않는다. 여기에 '둥글다'라는 말이 첨가된다. 따라서 그에 대한 평가를 한마디로 정리하면 '크고 둥글다' 정도가 합당하겠다.

그의 시를 읽으면 둥글둥글한 말이 구슬처럼 굴러다닌다. '강가 낭가 당가 랑가'라는 말들이 「동그라미」를 그리고, 「어머니라는 말」의 울림이 있다. 범종의 종소리가 원을 그리듯 번진다. 동그란 파장이고, 파문이고, 파도다. 둥근 것들이 넘쳐 「주름」을 이룬다. 주름이라는 것도 그의 시에서는 단순한 선이 아니다. 수많은 동그라미의 집합이다.

어찌 보면 '모든 것을 둥글게 하는 버릇이 있'는 그의 어머니처럼, 그는 세상의 모든 것을 둥글게 만드는 마술사다. 이러한 그의 마술은 전라도 방언과 유성음 효과로 인한 것들이 많다. 또한 맨발로 전라도 전역을 돌아다녔다는 그의 전력에 비춰볼 때, 인간에 대한 근원적인 믿음이 깔려 있다고 봐야 한다. 낮은 곳, 소외된 곳에 사는 억울한 사람들이 그의 언어가 내미는 위안을 바탕으로 일어선다. 이는 그의 언어가 「바닥」에서부터 쓰이기 시작했기 때문이다. 그의 언어는 바닥의 언어고, 그 바닥을 기어가는 강의 언어이다. "울며 바닥을 혀로 기어본 적 있는가? / 강이 묻는다"라는 선언으로 시작되는 그의 「탐진 시편」 연작도 이와 맥을 같이한다. "서러운 것 / 바라는 것 / 생의 환희 같은 것이 / 다만 여백으로 기록되는 물의 경전을 보아라"(「물의 경전─탐진 시편 2」)라고 그는 말한다. 그가 제시한 '물의 경전'을 보면, 한 인간의 전기라고 해야 할 「한애의 뿌락데기」가 있고, 「호계고모의 달구장태」가 있으며, 칡을 캐다가 뱀을 캤던 「물마장골」이 있으며, 개 젖을 먹는 염소가 개를 어미로 여기며 따라다니는 「천지동천」이라는 신화의 공간이 있다.

또한 그는 광주민주화항쟁을 신화적 서사의 방법으로 기록한 1,300여 행의 장시 「물속의 불」을 쓰기도 하였고, 남성성과 여성성의 대립 및 길항관계를 문학적으로 모색한 「지나공주」 연작을 발표하기도 하였다. 하지만 한국 시사에는 없었던 그런 새로운 형식의 작품마저도 사실은 그의 시적 지향점인 '둥긂'에 닿아 있다. 즉, 그는 어떤 시를 쓰더라도 근원으로 돌아온다. '인간이란 무엇인가?' '모든 인간은 행복할 수 없는가?' 같은 것이 그의 시의 뿌리다. 그리고 그 뿌리는 나무의 나이테처럼 '둥긂'을 지향한다. 그러하기에 어떤 위반마저도 그의 시에서는 따뜻한 동그라미에 불과하다.

기사 양반! 저짝으로 조간 돌아서 갑시다
어찧게 그란다요 뻐스가 머 택신지 아요?
아따 늙은이가 물팍이 애링께 그라제
쓰잘데기 읎는 소리하지 마시오
저번찰에 기사는 돌아가듬마는……
그 기사가 미쳤능갑소

노인네가 갈수록 눈이 어둡당께
저번찰에도
내가 모셔다드렸는디

_「아름다운 위반」 전문

동그란 위반이다. 「물의 경전」이다.

이대흠의 옛글과 새글

이대흠

제암산을 본다

제암산을 보면 장흥 땅 전체가
그 산으로 집중된 느낌이 든다 과장하면
전라도가 한반도가 그곳으로 모아져
탱탱히 부풀어 오른 산

남해는 여인처럼 찰랑거린다 길게 혀 빼어
그 산을 핥아댄다 몸을 뒤채며
잠이 오지 않는다는 듯 거칠게
숨을 토한다

산등성이 자진모리로 꿈틀거린다
지가 무슨
지가 무슨 한반도의 자지라고

산꼭대기 햇살 받아 흰 바위 상대 바위
절정에 다다른 산이 참지 못하고 뜨겁게

토해낸

오랜 세월 동안 이 땅의 사람들은
산을 닮고 태어나
산이 되어 죽는다

동그라미

어머니는 말을 둥글게 하는 버릇이 있다
오느냐 가느냐라는 말이 어머니의 입을 거치면
옹가 강가가 되고 자느냐 사느냐라는 말은
장가 상가가 된다
나무의 잎도 그저 푸른 것만은 아니어서
밤낭구 잎은 푸르딩딩해지고
밭에서 일하는 사람을 보면
일 항가 댕가 하기에
장가 가는가라는 말은 장가 강가가 되고
애기 낳는가라는 말은 아 낭가가 된다

강가 낭가 당가 랑가 망가가 수시로 사용되는 어머니의 말에는
한사코 0이 다른 것들을 떠받들고 있다

남한테 해꼬지 한 번 안 하고 살았다는 어머니
일생을 흙 속에서 산,

무장 허리가 굽어져 한쪽만 뚫린 동그라미 꼴이 된 몸으로
어머니는 아직도 당신이 가진 것을 퍼주신다
머리가 발에 닿아 둥글어질 때까지
C자의 열린 구멍에서는 살리는 것들이 쏟아질 것이다

우리들의 받침인 어머니
어머니는 한사코
오순도순 살어라이 당부를 한다

어머니는 모든 것을 둥글게 하는 버릇이 있다

평화다원에서

강으로 간 새들이
강을 물고 돌아오는 저물녘에
차를 마신다

막 돋아난 개밥바라기별을 보며
별의 뒤편 그늘을 생각하는 동안

노을은 바위에 들고
바위는 노을을 새긴다

오랜만에 바위와

놀빛처럼 마주 앉은 그대와 나는
말이 없고

먼 데 갔다 온 새들이
어둠에 덧칠된다
참 멀리 갔구나 싶어도
거기 있고
참 멀리 왔구나 싶어도
여기 있다

달아나는 시간을 눅인
청태전을 마신다

강이 묻는다—탐진 시편 1

울며 바닥을 혀로 기어본 적 있느냐?
강이 묻는다

물의 경전—탐진 시편 2

보아라
더 자세히 들여다보아라
꽃이었다가 잎이었다가

녹슨 칼처럼 굳은 혀이었다가
흙이 되는 말씀을

언제 어느 때고 세월은 도둑처럼 다녀가고
물의 말씀을 화석으로 남기려다가
끝내는 물이 되어 흘러가는 무모한 사람들

마저도

물의 경전에서는 살아 있나니

보아라
서러운 것
바라는 것
생의 환희 같은 것이
다만 여백으로 기록되는 물의 경전을 보아라

바수어지면 촤르르 방울 소리 같고
튀어 오르면 동글 별 싸라기 같고
싹의 숨결 같은 말씀들이 또랑또랑 모여서
지금 흘러가고 있지 않느냐

외로운 자들이 흘려보낸 귀가
물낯에 노을 비늘로 듣는다
떠났던 소년들의 종아리가

이대흠

여기 돋아 나온다
가장 미워했던 얼굴이
연둣물 들어 햇잎으로 오고

가장 사랑했던 사람이
눈동자를 잃고 흐리로 괸다

사랑하였느냐?
행복하였느냐?
물으며 묻지 않으며
다시 태어나는 한 방울의 죽음

모래알 같은 환희를 씻는
물의 경전을 잃어라

창랑(滄浪)—탐진 시편 3

오래도록 물낯에 그림자를 놓아둔다
서늘한 물결은 함부로 흔들리고 마음은 습습하고 눈은 어둡다
아침엔 그대 그림자가 나를 안았고 이내 멀어졌다
나는 산아래에 있고 물을 내려다본다
산빛이 짙을수록 강색은 깊어진다
출렁이는 내 그림자는 흘러가지 않고 강에겐 발톱이 없다
내 그림자가 그대에게 닿을 무렵 우리의 날은 저물 것이다

165

사인—탐진 시편 4

　당신의 이름을 지우려고 문지른 자리에 강이 생겼습니다 손끝 하나 스쳤을 뿐인데 숲이 운다고 합니다 가만가만히 속삭였을 뿐인데 꽃이 진다고 합니다

안국주

온통 붉은 푸른 길

붉은색 장어가 S를 힘차게 그리며 에너지를 뿜내는 간판에 안과 밖으로 붉은 꽃이 피어오른 '푸른 길'이라는 이름의 식당에서 먹음직스레 붉은 '서대회 무침'을 허겁지겁 삼켰다.

빠르게 흐르던 시간을 갑자기 막아선 듯한 식후 커피 한 잔, 담배 한 개피.

남은 접시의 색마냥 상기된 얼굴로 정오를 맞았다. 마치 숨바꼭질이라도 하듯 끊임없이 맺어졌다가 감춰지고 또 맺어지는 탐진강 푸른 길 한 켠에 다소곳이 올라앉은, 이른 봄이면 온통 붉게 물든다는 동백정 그늘에서 잠시 흔들흔들 머물기도 하고, 다시 흘러갔다. 제암산 봉우리를 등지고 그

귀가 서럽다(달빛 아래 대화 8) 장지에 먹, 채색, 40×51.5cm, 2008

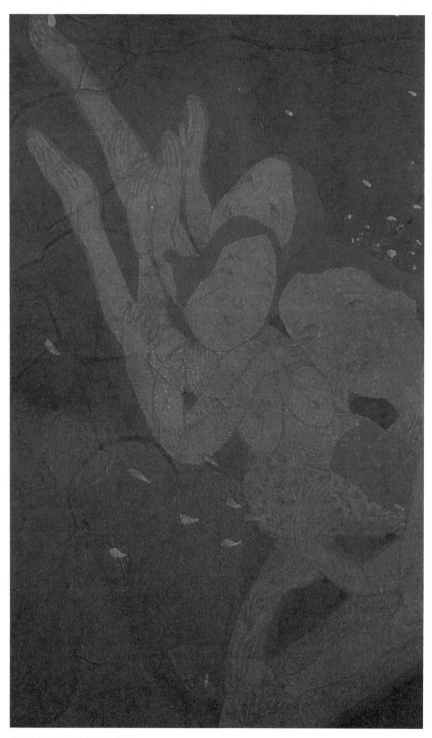

귀가 서럽다(달빛 아래 대화 8) (부분)

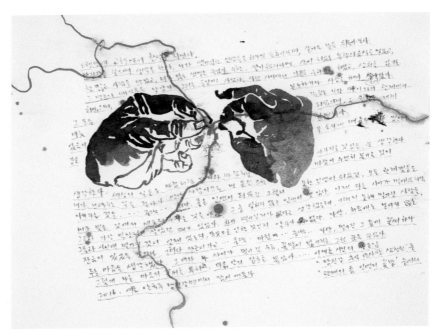

스케치—탐진강변에 서서 종이에 청묵, 주묵, 28.5×21cm, 2016

옛날 개울길 사이 종종걸음 소년과 똥개 백구, 흐드러진 들꽃, 또 한 명의 나
뭇짐을 진 소년, 커다란 아버지, 젊었던 어머니, 시인들, 서서 달려오던 물, 흐
드러진 들꽃, 시인, 소년 병두, 화가, 흐드러진 들꽃, 또 한 명의 화가와 소년
들이 두서없이 겹쳐지고, 문득문득 마주하기도 하면서 그렇게 열차시간은
다가왔다.

　두 명의 화가는 한 명의 시인을 남겨두고 붉은 석양을 받으며 흘러갔다.

　……멀어진 사람과의 사이는 잡초 뽑고 마음의 꽃씨 뿌려 그 꽃향기로 가
득 채우겠다는 아름다움을 품은 시인을 남겨두고 그렇게 시간도 흘러갔다.
지금의 자신을 지탱해주는 그 소년 시절 산길, 물길을, 석양에 붉게 물들어
조용히 흔들리고 있을 물빛을, 온통 붉을 푸른 길과 함께 흘러갔다. 그 '푸른
길'에서 한 명의 시인과 두 명의 화가는 아주 작은 조각의 시간을 그렇게 나
누어 가졌다.

유영호

작 가 노 트   1

장흥 천관산 글무덤

'옛길, 새길' 프로젝트를 통해 쉰이 넘은 줄에 비로소 장흥 땅을 아주 조금이나마 밟을 기회를 얻게 되었다. 주섬주섬 장흥이 『서편제』의 이청준 선생님이나 송기숙 선생님, 한승원 선생님 등 한국 문학의 거장들이 태어나 살며 글을 써온 고장이란 말을 듣기는 했지만 그다지 문학적 소양과 읽기에 소질이 없었던 나에게는 먼 땅, 관심 밖의 무명지였다. 그랬던 나에게 장흥의 첫 방문은 전국 어디를 가나 똑같은 풍경, 아파트, 연립주택, 모노크롬의 골목길을 넘어 그 속에 조금은 다른 장흥만의 빛깔을 본 시간이었다. 그 빛깔은 시나 소설과는 철벽을 쌓았던 나에게 부끄러운 글이나마 끼적거리게 하는 무엇이었다.

내가 느꼈던 이 신비한 기운은 무엇일까? 무엇이 있기에 유독 장흥에서 한국의 현대문학을 대표하는 여러 시인과 소설가가 나왔을까? 골똘히 생각을 해보았다. 그리고 이 기운은 수차례 장흥을 방문하면서 더욱 분명해졌다. 그래서 나는 그 유래를 찾아보기로 하고 이런저런 장흥 관련 자료와 기록 등을 뒤지면서 예부터 전해져오는 장흥의 글무덤에 얽힌 전설을 알게 되었다. 구전으로 간간이 내려온 이 글무덤 전설은 단순히 설화가 아니라 장흥의 어

이대흠 ━━━

170

단가에 실재하는 것이며, 이 글무덤의 기운이 장흥의 수많은 문학가를 길러 낸 기운의 뿌리임을 확신하게 되었다. 나는 장흥 어딘가에 있을 글무덤을 수소문하기 시작했다. 그리고 그 전설 속의 글무덤이 천관산 어딘가에 분명히 존재한다는 결론을 내리고 비록 혼자지만 천관산 글무덤 원정대를 꾸려 뒤져보기로 했다.

몇 차례의 천관산 원정은 일반인이 다니는 등산로를 벗어나 그동안 사람의 발길이 닿지 않았던 숨은 골짜기와 험한 계곡, 암릉을 가능한 한 샅샅이 뒤지는 것이었다. 사실 단순히 주워듣고 미약한 자료들에 의지해 글무덤을 찾는 것은 거의 무모한 일이었다. 이 험한, 그러나 아무도 시키지도 않은 일을 과제 삼아 한다는 것은 미치지 않고는 할 수 없는 일이기도 했다. 여러 차례의 시도와 위험한 등정 끝에 나는 내가 생각하기에 백 퍼센트 이상 글무덤이라고 확신할 수 있는 장소를 천관산 모 계곡 깊숙한 곳에서 발견하고 기쁨에 넘쳐 환호성을 내질렀다. 마치 심마니가 산삼을 발견했을 때의 희열이 이와 같을 것이다.

이 장소를 발견한 후 나는 휴대전화를 꺼내 사진을 열심히 찍고 눈으로 자세히 기억할 수 있도록 몇 시간을 쳐다보며 고민하기 시작했다. 이 글무덤이 그토록 영험한 문학의 기운을 가진 장소인데 이를 세상에 알려야 하는가. 혹이 장소가 알려져서 장흥의 또 하나의 관광명소가 되어 많은 사람들, 입시생 부모님들, 특히 문학 지망생들이 찾아와 기도하고 비는 장소가 되면 이 신비한 장소는 결국 망가지고 그 기운도 사라져버리는 게 아닐까 하는.

며칠 고민한 끝에 나는 이 장소를 사람들에게 알리지 않고 내 가슴에만 묻어두기로 했다. 그리고 휴대전화에 찍힌 글무덤의 사진을 지우기 위해 사진첩을 열어본 순간 나는 소스라치게 놀랐다. 수십 장의 사진들이 하나같이 하얀 백지처럼 아무런 형상이 없는 사진으로 변해 있었던 것이다. 분명 찍을 당시에는 확실히 찍혔음을 확인했었는데 말이다.

"아! 이것이 글무덤이 지닌 영험의 증거가 아니겠는가!"

하지만 나는 지금 그것을 증명할 아무런 단서가 없음을 애통해할 뿐이다. 지금 와서 그 장소를 다시 찾는 것은 급격히 가물가물해진 기억과 고생했던 시간을 생각하면 엄두가 나지 않는다. 그래서 나는 내 기억을 되살려 이곳에 가장 흡사한 형태로 글무덤을 만들고 아무도 믿지 않을 수도 있는 나의 발견을 증명하고자 한다.

멜랑콜리 1 네온 가변 설치, 2015

멜랑콜리

장흥을 거닐다 보면 어느 순간 시간이 멈춰버린 장소에 머물고 있다는 느낌이 든다. 역사적인 유적이나 지역에 스민 이야기 때문만은 아니다. 잠시나마 느껴본 장흥은 희미한 자취를 빼곤 옛 시간의 흔적을 찾기가 여간해선 쉽지 않다. 하지만 장흥은 굽이굽이 마을마다 화려하게 넘실대는 현대적인 도시의 불빛으로부터 고즈넉이 물러서 있는 곳이다. 근현대의 어느 시간대에서 성장이 멈춰버린, 그렇지만 나이 많은 어른 같은 느낌이다. 장흥은 그래서 멜랑콜리하다. 하지만 멜랑콜리는 단순히 슬픈 느낌만을 의미하지는 않는다. 지금 이 시각 이 장소에 서게 될 때 말할 수도 표현하기도 어려운 무엇인가가 목에 걸려 있는 것 같은 느낌, 오래되고 빛바랜 시간과 만남, 그리고 가볍지만은 않은 삶의 이야기가 다양한 의미의 스펙트럼을 가진 느낌을 표현하는 단어기도 하다. 하고 싶은 말들이 목젖에 머물다 한 움큼의 응어리로 쏟아져 나온다. 알아듣기는 어렵지만 볼 수는 있다. 그리고 이 말들은 마치 강진만의 불빛처럼 가물거리며 여기 있다.

멜랑콜리 2 네온 가변 설치, 2015

장흥 문학길은 축제다

'옛길, 새길' 프로젝트를 구상한 지 1년 남짓 흘렀다. 드디어 장흥 물축제(7. 29~8. 4) 기간에 이를 실행할 수 있게 되어 감회가 새롭다. 지난 4월 2박 3일 여정의 답사가 가장 기억에 남는다. 헌 불을 꺼트리고 새 불로 아궁이를 지핀다는 한식 무렵이었는데, 모두의 가슴을 정말 새 불로 갈아놓은 경험을 한 것 같다.

우리가 맨 먼저 찾은 곳은 이청준 선생의 묘였다. 친구인 한승원 선생께서 눈앞에 펼쳐진 바다를 바라보며 기억을 풀어놓는데, 눈물을 글썽거리기도 했다. 폰부스의 보컬이 궁금한 게 많은지 사이사이에 질문을 했다. 한 선생이 일일이 설명하며 손가락으로 여기저기 가리킬 때마다 어떤 예술가들은 사진을 찍거나 메모를 하거나 스케치를 했다. 다른 예술가들은 끼리끼리 대화를 나눴다. 몇몇은 멀찌감치 앉아 하늘과 바다 사이만 바라보고 있었다.

송기숙 선생의 생가로 이동하는 버스 안에서는 학창 시절 문예반 후배였던 위선환 선생이 당시 문청 시절의 에피소드를 생생하게 전해주었다. 이후의 기억들, 특히 5·18 민주화운동과 관련된 이야기를 들으면서 불의에 저항하는 문인 송기숙을 가슴에 새길 수 있었다. ……송기숙은 현재 투병생활을 잘 이겨내고 있다, 송기숙은 건재하다, 여러분이 그것을 세상에 알려달라고 말하면서 노시인이 마이크를 내려놓을 때는 울컥하는 마음을 참기 힘들었다.

송 선생의 생가에 도착해서 의외의 일이 발생했다. 이 책에서 이대흠 시인이 그린 송기숙이 그대로 재현된 것이다. "논매다 나와 막 논두렁에 앉아 막걸릿잔을 들이켜는 쟁기질꾼" 같은 모습의 한 노인네가 두 손에 막걸리통을 들고 와서 우리에게 잔을 돌렸다. 송 선생과 똑같이 함박웃음을 터트리면서. 하, 송기숙의 논두렁이구나!

이렇게 이어지는 답사길은 일곱 색깔 무지개처럼 모두 달랐다. 하지만 장흥의 품속에서 공통의 현실을 간직하고 있음을 발견했다. 장흥 문인들이 한결같이 말하는 문학의 원천은 '어머니'였다. 30여 명의 참여작가에게 '장흥문학길＝어머니'로 각인될 만큼 '어머니'는 강렬한 인상을 주었다. 옛길이 새길로 변할 수 있는 것은 그 존재, 사랑의 존재, 그러나 끝까지 타자의 자리를 지킨 그 존재 때문이란 생각이 들었다.

'어머니'가 타자였기 때문에, 장흥의 문인들이 자아에 빠져서 독백 따위를 일삼지 않고 자연과 사회를 향해 대화하는 큰 문인이 되었던 것 같다. 인류학 연구에 따르면, 신데렐라(콩쥐팥쥐) 이야기의 계모는 실제로 생모라고 한다. 아이를 어른으로 만들기 위해선 엄마가 타자(계모라는 극한적 타자)가 되어야 한다는 통과의례담인 것이다. 그러나 장흥 문인의 '어머니'는 구박을 가함으로써가 아니라 스스로가 세상의 구박을 받음으로써 일종의 연극치료 효과를 가져온 것이리라.

우리 프로젝트가 타자를 만나는 길임을 새삼 강조하게 된다. 내 안에만 웅크리고 있는 사람에게는 어떤 길도 감상에 그치고 말아서 '새길'이 될 수 없다. 팥쥐나 신데렐라 이복자매의 궁궐 구경에 불과하지 않을까 싶다. 이 책은 참여작가들이 장흥 문학길이란 타자를 만나 얻은 결실일 것이다.

김선두 작가가 그린 장흥 전체 문학지도 한 점과 세부 문학지도 일곱 점을 보면 정취와 유머가 넘쳐나는데, 이것은 단순한 고향 사랑이나 자랑이 아니다. 애환이 승화된 것이다. 정밀한 사실의 지도인 리얼리즘을 뛰어넘는 환상적 리얼리즘, 예컨대 이 지도 위에는 환상의 곡예가 펼쳐지고 있다. 문법이 아닌 음성이 들리고, 미터가 아닌 발자국이 세어진다. 아틀라스가 작도법에 의한 문법의 지도인 데 반해, '옛길, 새길' 지도는 발자국을 통해 아틀라스를 이해하는 음성의 지도인 셈이다. 그래서 새길이 되는 것이다.

이 지도를 중심으로 짜인 글과 이미지 역시 같은 맥락이라고 할 수 있다. 참여작가들은 길을 따라 자기 이야기를 하고 있다. 그러나 자기 안에 갇혀 말하는 게 아닌 대화를, 3인칭 주어를 1인칭 시점에서 주고받는다. 그 때문에 길의 주인공을 대상화하지 않을 뿐 아니라 내(참여작가)가 평가자도 감상자도 되지 않는다. 그를 통해 나를 읽고 그에게 그 독해를 돌려준다.

이 지점이 아름답다. 타자와만 할 수 있는 대화법이다. 그렇지 않은 것은 독백에 지나지 않기 때문이다. 현실과 마주한 채 현재를 무한대화하려는 초월과 자유의 정신이 작품들에서 느껴진다.

뮤지션 두 팀이 헌정곡을 내놓았다. 아마도 유래를 찾아보기 어려운 일일 것이다. 이번 축제가 결코 행사성 혹은 상업성 프로젝트가 아니라는 것을 반증한다. 타카피의 〈장흥에 살어리랏다〉는 장터처럼 흥겹기 그지없고, 폰부스의 〈만조〉는 장흥의 속살이 느껴지는 서정으로 가득 차 있다. 아래의 QR코드를 통해 독자들은 이 음악을 듣고 즐길 수 있다.

'옛길, 새길 2'에 대한 기대감 섞인 목소리가 벌써 여기저기서 들려온다. 반가운 일이다. 그러나 여장을 풀기도 전인 만큼 이번 첫 번째 일부터 잘 치러야 할 것이다.

2016년 7월

복합문화공간 에무

타카피의 〈장흥에 살어리랏다〉

폰부스의 〈만조〉

이청준　**김선두**

　　　　1958년생으로 중앙대학교 한국화과와 같은 대학 대학원을 졸업했다. 1992년 서울 금호갤러리에서 〈남도 시리즈〉전을 시작으로 2016년 상하이학고재갤러리 〈별을 보여드립니다〉전까지 약 20여 회의 개인전을 가졌다. 2016년 복합문화공간 에무 〈겹의 미학〉전을 비롯하여 50여 회의 국내외 전시회를 통해 작품을 발표했다. 1984년 중앙미술전 대상, 1992년 석남미술상을 수상했으며, 현재 서울에서 작업 중이다.

정정엽

　　　　1962년생으로 이화여자대학교 미술대학을 졸업했다. '두렁', '여성미술연구회', '입김' 등의 그룹 활동과 12회의 개인전을 통해 다양한 작품을 발표했다. 1998년 이후 계속되고 있는 '붉은 팥과 곡식' 작업, 2006년 아르코미술관 기획 초대전 〈지워지다〉, 2016년 〈벌레〉 스케이프 개인전, 2002년 광주비엔날레, 2012 후쿠오카 아시아 여성미술제 등 다수의 기획전에 참여하며 활발한 작품활동을 하고 있다.

안정주

　　　　1979년생으로 서울대학교 동양화과를 졸업하고, 연세대학교 영상대학원 미디어아트과에서 석사학위를 받았다. 2004년 서울 아트포럼뉴게이트 〈비디오 뮤직〉전을 시작으로 8회의 개인전을 가졌다. 2009년 후쿠오카 아시아 미술 트리엔날레를 비롯하여 40여 회의 국내외 전시회를 통해 작품을 발표했다. 2014년 두산연강미술상을 받았으며, 현재 서울에서 작업 중이다.

한승원　**이인**

　　　　1959년생으로 동국대학교에서 동양화를 전공했고 같은 대학 대학원을 졸업했다. 1996년 금호미술관 등에서 17회의 개인전을 가졌고, 1986년부터 국립현대미술관 〈현대미술―거대서사 1〉전과 국립광주박물관 〈풍죽〉전 등 단체전에 참여하며 작품을 발표하고 있다. 양평 작업실에서 전업작가로 일하고 있다.

김지원

　　　　1961년생으로 인하대학교 미술교육과와 프랑크푸르트 국립조형미술학교를 졸업했다. 2016년 pkm갤러리 〈맨드라미〉전, 2015년 대구미술관 〈그림의 벽〉전, 2011년 하이트 컬렉션 〈바람처럼〉전, 2011년 금호미술관 〈이륙하다〉

178

전 등 다수의 개인전과 다수의 단체전에 참가했으며, 2015년 이인성미술상을 수상했다. 현재 한국예술종합학교 미술원 조형예술과 교수로 재직 중이다.

황재형

1952년생으로 중앙대학교 회화과를 졸업했다. 1984년 〈쥘 흙과 낡 땅〉과 〈삶의 주름 땀의 무게〉 초대전을 가졌으며, 1992년 일본 마루키 미술관 〈젊은 아시아〉전, 2013년 필리핀 메트로폴리탄 미술관 〈한국현대판화 50년〉전, 2014년 광주비엔날레, 2016년 워싱턴 아메리칸 유니버스티 뮤지엄 〈한반도의 사실주의〉전 등 수많은 국내외 단체전에 참여했다. 민족미술상을 2회 수상했고, 2016년 제1회 박수근미술상을 수상했다. 현재 태백에서 작업 중이다.

홍이현숙

1958년생으로 홍익대학교 조소학과와 같은 대학 대학원을 졸업했다. 1988년 일갤러리에서 첫 개인전을 한 뒤, 2013년 복합문화공간 에무 〈폐경의례〉전으로 영상과 설치를 병행한 11번째 전시를 했으며, 같은 해 연희자치회관에서 〈우리 집에 왜 왔니〉라는 42분짜리 영화를 상영했다. 2015년에는 〈Dancing Mama〉전, 〈DMZ〉전 등 기획전에 참여했다. 현재 서울에서 작업 중이며, 작가 모임 '레단테나' 회원이다.

송기숙

박문종

1957년생으로 연진회 미술원 1기를 수료했고 호남대학교 미술과와 조선대학교 대학원 순수미술학과를 졸업했다. 1988년 첫 개인전 〈그림마당 민〉을 시작으로 1988년 서울미술관 〈문제작가〉전, 1993년 예술의전당 한가람미술관과 가람화랑의 화랑미술제, 금호갤러리 〈자존의 길 1, 2〉전, 1996~97년 대전시립미술관 〈한국화의 위상과 전당〉, 그리고 두 번의 광주비엔날레에 참여했다.

박건

1957년생으로 홍익대학교 교육대학원에서 「오윤의 작품세계」로 석사학위를 받았다. 1980년 〈시대의 낌새를 뚫어보는—강도〉전과 1981년 〈박건 미술 행위〉로 첫 개인전을 가졌다. 1983년 〈시대정신〉을 전시 기획하고 1984년 최초의 민중미술 무크지 『시대정신』을 발행했다. 이후 〈강〉, 〈코카콜라〉 등 미니어처와 목판화 작품을 발표하는 한편, 소설 같은 지도안과 미술 관련 리뷰를 연재하며 미술교육자로 활동했다. 최근 '아트포스터 박건 컬렉션' 등 다중매체로 활동 중이다.

이승우　**방정아**
　　　　　1968년생으로 홍익대학교 회화과와 동서대 디자인대학원 영상디
자인과를 졸업했다. 1998년 서울 금호미술관 개인전을 비롯하여 20회의 개인전
을 가졌다. 2015년 후쿠오카 아시아미술관 〈Korean Art 1965~2015〉전 등 100여
회의 국내외 전시회를 통해 작품을 발표해오고 있으며 2002년 부산공간화랑 부
산청년미술상을 받았다. 현재 부산에서 작업 중이다.

윤광준
　　　　　1959년생으로 중앙대학교 예술대학 사진학과를 졸업했다. 1984
년 서울 관훈미술관 〈강남 풍경〉전을 시작으로 4회의 개인전을 가졌다. 2004년
MBC 개관기념 〈신 도시〉전을 비롯하여 여러 전시회를 통해 작품을 발표했다.
『소리의 황홀』, 『잘 찍은 사진 한 장』, 『생활명품』 등을 출간했으며 글과 사진을
아우르는 작가로 활동 중이다.

위선환　**김범석**
　　　　　1964년생으로 홍익대학교 동양화과와 같은 대학 대학원을 졸업
했다. 1998년 서울 덕원갤러리 〈유년의 기억〉전을 시작으로 8회의 개인전을 가
졌다. 2008년 인천 황해미술제를 비롯하여 40여 회의 국내외 전시회를 통해 작
품을 발표했다. 2011년 성곡미술관 내일의 작가상을 받았으며, 현재 여주에서
작업 중이다.

서용
　　　　　1962년생으로 서울대학교 미술대학 동양화과를 졸업하고 중국
북경중앙미술대학교 벽화과에서 석사, 중국 난주대학교에서 돈황학 박사 학위
를 받았다. 2004년 가나화랑 초대 귀국전을 시작으로 12회의 개인전을 가졌으
며, 시카고 아트페어 등 국내외 아트페어와 홍콩 크리스티, 서울옥션 등에 작품
을 발표했다. 현재 중국 북경중앙미술대학교 벽화과 객원교수와 동덕여자대학
교 예술대학 회화과 교수로 재직하고 있으며 한국돈황학회 회장을 맡고 있다.

주호석
　　　　　1985년생으로 서울예술대학교 사진과를 수료했다. 어릴 때부터
여러 지역을 다니며 변화하는 자연환경에 대한 감수성을 키웠다. 이십대 초반
북유럽과 북미 대륙을 답사하며 자연의 신비와 경외감을 느껴 주로 자연을 주제
로 사진을 찍고 있다.

김영남

장현주

1964년생으로 이화여자대학교 서양화과를 졸업했다. 2015년 서울 갤러리조선 〈숲, 깊어지다〉전을 비롯하여 5회의 개인전을 가졌다. 2009년 국립광주박물관 〈그림으로 피어난 매화 탐매〉전을 비롯하여 다수의 국내외 전시를 통해 작품을 발표했다. 현재 서울에서 작업 중이다.

박수만

1964년생으로 전남대학교 미술학과에서 서양화를 전공하고 졸업했다. 1989년 광주 금호문화회관에서 개인전을 시작으로 17회의 개인전을 가졌다. 2015년 〈광주 헬로우 아트〉전을 비롯하여 300여 회의 국내외 전시회를 통해 작품을 발표했다. 2007년 오지호미술 특별상을 받았으며, 현재 전라남도 광주에서 작업 중이다.

이대흠

안국주

1972년생으로 이화여자대학교 동양화과와 같은 대학 대학원을 졸업한 후, 1995년부터 4년간 일본에서 영상, 컴퓨터 그래픽 등을 공부했다. 2003년 송은갤러리 〈소금〉전을 시작으로 7회의 개인전을 가졌다. 2014년 서울시립 북서울미술관 〈한국화의 반란〉전을 비롯하여 다수의 국내외 전시회를 통해 작품을 발표했다. 현재 인천에서 회화, 영상 등을 기조로 한 다양한 매체로 작업 중이다.

유영호

서울대학교 조소과를 졸업하고 독일 뒤셀도르프 쿤스트 아카데미에서 마이스터슐러를 받았다. 10여 회의 개인전과 60여 회의 국내외 그룹전을 가졌고 2012년부터 그리팅맨 글로벌 프로젝트를 진행하고 있다. 현재 그리팅맨은 우루과이 몬테비데오를 필두로 파나마시티와 한국의 연천, 양구, 서귀포 등지에 세워져 있으며 지속적으로 해외의 주요 지역에 설치할 예정이다. 서울과 일산을 오가며 작업을 하고 있다.

문학작품 출처

이청준, 「꽃 지고 강물 흘러」, 『꽃 지고 강물 흘러』, 문이당, 2004

이청준, 「날개의 집」, 『날개의 집』, 문학과지성사, 2015

이청준, 「눈길」, 『눈길』, 문학과지성사, 2012

이청준, 「삶으로 맺고 소리로 풀고」, 『아름다운 흉터』, 열림원, 2004

이청준, 「선학동 나그네」, 『천년학』, 열림원, 2007

이청준, 「해변의 육자배기」, 『아름다운 흉터』, 열림원, 2004

이청준 · 김선두 · 김영남, 「시인, 화가와 고향 봄길을 가다」, 『옥색 바다 이불 삼아 진
　　　　달래꽃 베고 누워』, 학고재, 2004

한승원, 『달개비꽃 엄마』 (미출간)

한승원, 『물에 잠긴 아버지』, 문학동네, 2015

한승원, 『보리 닷 되』, 문학동네, 2010

한승원, 「아내에게 들켰다」, 『이별 연습하는 시간』, 서정시학, 2016

송기숙, 『녹두장군』 1권, 시대의창, 2008

송기숙, 「동학농민전재의 발자취」, 『녹두꽃이 떨어지면』, 한길사, 1985

송기숙, 「마을, 그 아름다운 공화국」, 『마을, 그 아름다운 공화국』, 화남, 2005

송기숙, 『자랏골의 비가』, 창비, 2012

이승우, 『생의 이면』, 문이당, 1996

이승우, 『식물들의 사생활』, 문학동네, 2014

이승우, 「정남진행」, 『오래된 일기』, 창비, 2008

이승우, 「풍장―정남진행 2」, 『오래된 일기』, 창비, 2008

위선환, 「달빛 1」, 『나무들이 강을 건너갔다』, 한국문연, 2001

위선환, 「빈 새」, 『눈 덮인 하늘에서 넘어지다』, 한국문연, 2003

위선환, 「천관산 오르는 길에는」, 『눈 덮인 하늘에서 넘어지다』, 한국문연, 2003

위선환, 「탐진강 8」, 『나무들이 강을 건너갔다』, 한국문연, 2001

김영남, 「그리운 옛집」, 『정동진역』, 민음사, 1998

김영남, 「'아줌마'라는 말은」, 『푸른 밤의 여로』, 문학과지성사, 2006

김영남, 「푸른 밤의 여로」, 『푸른 밤의 여로』, 문학과지성사, 2006

이대흠, 「동그라미」, 『물속의 불』, 천년의 시작, 2007

이대흠, 「아름다운 위반」, 『귀가 서럽다』, 창비, 2010

이대흠, 「제암산을 본다」, 『눈물 속에는 고래가 산다』, 창비, 1997

예술기행 옛길, 새길 1

장흥 문학길

2016년 8월 1일 1판 1쇄

지은이 이청준, 김선두 외 23명

기획, 진행 복합문화공간 에무 | 김영종 · 김수련
편집 최화명 · 원미연 · 사계절출판사 인문팀
디자인 랄랄라디자인 | 박현정
제작 박흥기
마케팅 이병규 · 양현범 · 박은희
인쇄 천일문화사
제책 정문바인텍

펴낸이 강맑실
펴낸곳 (주)사계절출판사
등록 제406-2003-034호
주소 (우)10881 경기도 파주시 회동길 252
전화 031)955-8588, 8558
전송 마케팅부 031)955-8595 편집부 031)955-8596

홈페이지 www.sakyejul.co.kr
전자우편 skj@sakyejul.co.kr
블로그 skjmail.blog.me
페이스북 facebook.com/sakyejul
트위터 twitter.com/sakyejul

값은 뒤표지에 적혀 있습니다. 잘못 만든 책은 서점에서 바꾸어 드립니다.

사계절출판사는 성장의 의미를 생각합니다.
사계절출판사는 독자 여러분의 의견에 늘 귀기울이고 있습니다.
이 책은 저작권법에 따라 보호받는 저작물이므로 무단전재와 무단복제를 금합니다.

ISBN 978-89-5828-978-4 (03810)

이 도서의 국립중앙도서관 출판예정도서목록(CIP)은
서지정보유통지원시스템 홈페이지(http://seoji.nl.go.kr)와
국가자료공동목록시스템(http://www.nl.go.kr/kolisnet)에서 이용하실 수 있습니다.
(CIP제어번호: CIP2016017680)